光文社文庫

長編推理小説

三毛猫ホームズの花嫁人形

新装版

赤川次郎

光　文　社

『三毛猫ホームズの花嫁人形』　目次

プロローグ

机の上を片付けると、ちょっとの間、考えをめぐらし、立ち上る。

「――明日から一週間、休みますので、よろしくお願いします」

課長の机の前に立ってそう言うと、

「ああ？」

と、いつも眠そうな目が浅井啓子《あさいけいこ》を見上げて、

「そうか。――君、結婚するんだっけな」

「はい、ハワイで式を挙げます」

「そう……。ま、おめでとう。留守中、大丈夫だね？」

「やっておけることは全部やりました。後のことは、周りに頼んであります」

「そうか。じゃ……」

「よろしくお願いします」

と、浅井啓子は一礼して、「お先に失礼します」

さっさとオフィスを出る啓子の耳に、

「昔は、一週間も休むといったら、申しわけなさそうにしてたもんだ。それが今は……」

と、聞こえよがしな中原《なかはら》課長の声が届いたが、そんなこと、気にもとめなかった。

——ロッカールームで事務服を脱いで、スーツに着替えていると、

「啓子」

と、入って来たのは、仲のいい同僚、馬場《ばば》香《かおり》。

「あ、まだ残ってたの？」

「聞こえたよ、中原のグチ」

「放《ほ》っといて、って感じね」

「ねえ。あれが趣味なんだから」

「自分が式に招《よ》ばれないのも面白くないのよ。結婚するって話して、ハワイで家族だけの挙式って言ったとき、顔色が変ったもんね」

と、啓子が言って笑った。「あれを招びたくないっていうのも、ハワイにした理由の一つなんだけど」

「自分じゃ、結構女の子に人気あると思ってんのよ」

「冗談じゃないわよね。明日から休むっていうときに、『色々忙しいだろうから、早く帰りなさい』ぐらいのこと、言うのが当り前でしょ。それを、『留守中大丈夫か』だっ

て。ああ、早く辞めてやりたい！」

「ともかく一週間はのんびりしてらっしゃいよ」

と、馬場香は言った。「何かあっても、連絡しないから」

「お願いね。あの中原、ハワイ中のホテルに電話して来かねないものね」

と、啓子が言うと、香がふき出した。

「安心して。どこのホテルか、訊《き》いとくの忘れましたって言うわ」

「よろしく」

啓子は、ロッカーの扉の裏につけた鏡で、ちょっと髪を直すと、「それじゃ」

と、手を振って、ロッカールームを出た。

——ビルから出ると、十月も終り近く、夜の風は少し冷たい。

バッグの中でケータイが鳴り出した。

「——もしもし。——あ、今、会社を出たところ」

啓子は歩き出しながら、「——うん、大丈夫よ。それより、ご両親にパスポート、ちゃんと渡した？」

と話を続けた。

——浅井啓子、二十六歳。

明日はハワイへ発《た》ち、その翌日、三年越しの恋人と結ばれるはずである。

「――そう。仕方ないわね」

今夜、帰りに待ち合せるつもりだったが、彼の方も、一週間休むために残業になって、何時に出られるか分らないということだった。

「いいわよ。無理して会っても、帰りが遅くなって、明日寝坊でもしたら大変。――うん、このまま帰るわ。――じゃ、明日、成田でね」

啓子には分っていた。こう言っても、夜、ベッドに入ってからまた電話で話すことになるだろうと……。

食事は帰って簡単にとることにして、啓子は、お気に入りのケーキショップで、好きなケーキと紅茶を味わって帰ることにした。

もう顔なじみの店だ。

入ると、やはり仕事帰りのＯＬで満席。

「良かったら、ここへどうぞ」

一人で座っていた女性が、空いた椅子《いす》をすすめてくれた。

「すみません。いいですか？」

「ええ。よくここで……」

「あ、そうですよね」

と、啓子は腰をおろして、オーダーすると、「――確か、店の表でいつか三毛猫を待たせてませんでした？」

「ええ！　よく憶《おぼ》えてらっしゃるわね」

「私、猫大好きなんです」

と、啓子は言った。「今は両親とも動物がだめで飼えませんけど、結婚したら、猫でもと思って……」

「ご結婚？」

「ええ、明日ハワイへ発って」

「おめでとう！　私は兄を先に片付けないと」

話を聞くと、啓子より大分年下のようだが、大人びた落ちつきのある女性だった。

「――あら珍しい」

と、その女性が店の入口を見て、「こんなお店に男一人で」

振り向いた啓子は目をみはった。

「まあ……。あの人、今、私が散々悪口を言った中原って課長です」

ちょうど何組かの客が帰って行って、中原は奥のテーブルに一人で座った。

「――誰かと待ち合せかしら」

と、啓子は興味津々で、チラチラと中原の方を見ている。

中原は、啓子の方に背中を向けているので、気付かれる心配はなかった。

「入口の方を気にしてますね。誰かを待ってるみたい」

「私、見届けないと気がすまないわ。――すみません。紅茶もう一杯」

啓子は小声で、「――あの、どうぞ、もう行かれて下さい」

「私もお付合いしますわ」

「でも――」

「好奇心は並の人の三倍くらい強いんですの」

顔を見合せて、二人は笑った。

そして――。

「ごめん！　待った？」

と、中原の「相手」が現われたのは、十五分ほどたってからだった。

「少しだけだよ」

中原の声は、会社でのグチっぽいそれとは打って変って猫なで声。

「私、ケーキ食べようっと。――食べないの？」

コーヒーだけ飲んでいた中原は、

「あんまり甘いもんは……」

「だめよ！　ここへ来て、ケーキ食べないなんて！」

「じゃあ……何か食べるか」

――啓子は呆気《あっけ》にとられていた。

中原と待ち合せていたのは、何とブレザーの制服の女子高校生だったのだ。

「ちょっと、危い感じですね」

「ちょっとどころか……。課長ったら！」

啓子は思わずため息をついたのだった……。


「――そうなのよ！　もう、私、呆《あき》れちゃって……」

家に帰るまで待ってはいられなかった。

電車を降り、夜道を家へと歩きながら、ケータイで彼に連絡していた。

「――どう見たって、親戚の子とかじゃないの。あれは普通じゃないわよ」

家までは十五分ほどの道。

住宅地をずっと抜けていくので、人通りはあまり多くないが、それほど危い道ではなかった。

「二十分くらいお店にいたかしらね。こっそり女の子の手を握ってみたり、そっとなでたりして。――ケーキ食べると、二人して出てったけど。真直《まっす》ぐ帰るわけないわね。店の中のお客さんたち、みんな眺めてたわよ」

ああ、もうじきだ。――啓子は、

「家に着くから、それじゃね。——え？　——うん。カメラって、持って歩くものね。——そうなの。私、バッグにデジカメ入れてたから、中原と女子高生の二人、しっかり撮っちゃった！　明日、持ってくから、見せたげるね」

誰か、人影が足早にすれ違って行った。

今の人、どこから出て来たんだろう？

不意に背中に痛みが走った。

「あ……。痛い……」

ケータイを手にしたまま、啓子は足を止めた。「——え？　——今、何だか急に……」

振り返ると、走る足音が遠ざかって行く。

「何か変だわ……。私……立ってられない……」

体の中から、生きる力が流れ出していくようだった。

「あなた……。助けて！」

手からケータイが滑り落ちた。

啓子は路上に倒れた。——自分に何が起こったのか、意識が薄れていくときも、分っていなかった。

「もしもし？　——どうした？」

ケータイから、彼の声が聞こえている。

しかし、もう啓子には、それを聞くことができなくなっていた。

やがて動かなくなった啓子のそばへ、人影は戻って来た。そして、少しの間、様子をうかがってから、啓子のバッグを探り、そして何かを啓子の体の上に投げて、足早に立ち去る。

そのころには、啓子は血だまりの中に横たわって、すでに息絶えていた。

その体の上には、折紙で作った十センチほどの花嫁人形が、いかにも無表情に置かれていたのだ。

「——啓子！　聞こえるか？　——どうしたんだ？」

ケータイは空《むな》しく呼び続けていた……。

1　幕開き

朝である。

「おはようございます！」

という挨拶は至って当然なものなのだが……。

「石津《いしづ》さん、上って」

と、晴美《はるみ》はドアを開けながら、「他の部屋の方が目をさますわ。小さい声でね」

石津はハッとして、

「申しわけありません！」

と、大声で（！）言った。

「いいから中へ」

晴美はあわててドアを閉めた。

「朝早くからすみません」

石津が上ると、片山義太郎《かたやまよしたろう》が奥から顔を出した。

「あと五分、待ってくれ。すぐ仕度する」

「ごゆっくり」

と、石津はちゃっかり座り込む。

「五分あれば、お茶漬一杯ぐらい食べるのには充分ね」

「充分です！」

石津としては、片山がゆっくり仕度してくれた方がありがたいのだ。

片山義太郎は警視庁捜査一課の刑事、妹の晴美と、このアパートで暮している。もちろん、もう一人の「同居人」と共に。

「ニャー……」

と、眠そうな（？）三毛猫が襖《ふすま》の向うから出て来る。

「あ、ホームズさん、おはようございます」

と、石津刑事は笑顔で言った。

「ホームズも、起こされて迷惑がってるわ」

晴美が、石津用の、並の二杯分は入る茶碗にご飯をたっぷり盛って、「――はい、どうぞ。このおかず、食べていいのよ」

「いただきます！」

食べものを前にすると、やはり声が大きくなる石津だった。

いたようだった。

「ホームズも何か食べる？」

と、晴美が訊いたが、ホームズはパチャパチャと器の水を飲んで、とりあえず一息つ
「最近は水道の水はだめなの。〈六甲の水〉がお気に入りなのよ」

「はあ……。デリケートでいらっしゃいますからね」

石津も、猫嫌いを大分克服して来た。晴美への思い故の努力の結果である。

「――何だ、やっぱり食ってるのか」

片山義太郎がネクタイをしめて出て来る。

「お兄さんも、一杯だけ食べて行けば？　五分もあれば食べられるわよ」

「石津と違うぞ。――ま、少し食べるか」

と、食卓につく。「帰宅途中のOLだって？」

「ええ、二十六とか。刃物で後ろから一突きだそうです。ほとんど即死だったと」

「毎日毎日、よく殺人事件があるわね」

と、晴美がため息をつく。「恨みを買ってたのかしら？」

「手口は通り魔風なんですが……。でも、死体の上に花嫁人形が」

「――何だって？」

「折紙の花嫁人形が死体の上に投げてあったそうなんです。被害者は明日、ハワイで結

婚することになってたそうで」

「可哀そうに。——すると犯人はそのことを知ってたのか」

「どうでしょうか」

「おい晴美。俺のご飯は?」

片山の言葉は晴美の耳に入っていない様子だった。

「石津さん、その殺された人……」

「は?」

「いえ、いいの」

晴美は、少し青ざめていた。「私も一緒に行くわ」

パッと立ち上って、晴美が奥へ入って行く。

「——どうしたんだ?」

片山は仕方なく自分でご飯をよそった。

「ニャー……」

ホームズも朝食抜きで出かけることになりそうだと察したのか、やや哀しげに(?)

鳴いたのだった……。

「——この女性か?」

と、片山が訊くと、晴美は黙って肯《うなず》いた。

「そうか……」

朝の道は、出勤して行く人の流れでかなり埋《うま》っている。その一角をロープで囲って、布で覆われた死体は、いやでも人目を引いた。

「両親も、そろそろみえるはずです」

と、石津がやって来た。

「婚約者にも知らせてあげて」

「その男性は知っているそうです。殺されたとき、ちょうど、ケータイで話をしていたとかで」

「じゃ、話している最中に刺されたの？　ひどいわ……」

「ニャー……」

ホームズが、死体の周りをゆっくりと歩いている。

道行く人たちが、みんな振り向いて見ていくが、もちろん出勤して行かなくてはならないので、心残りな様子で先を急ぐのだった。

「この花嫁人形……」

と、片山が、ビニール袋の中に入れたそれを眺めて、「死体の上にあった、ということは、犯人が置いたのに違いないだろう」

「浅井啓子さんが、明日結婚するって知ってたのよ、犯人は。でなきゃ、そんな人形……」

「つまり、個人的に恨まれていたということになるな。――この人形をよく分析させよう。紙からでも指紋が採れる」

時代が変ると、今まで考えられなかった手掛りが手に入ることにもなる。

「――これ、被害者が持っていたケータイです」

と、石津が、やはりビニール袋に入れたケータイを片山へ渡した。

「指紋を採って、それから中のメモリーされてる電話番号を全部当らせよう。それから、発信と受信の記録も」

「分りました」

と、石津が言った。「じゃ、もう死体を運びましょうか」

「そうだな。これ以上人目にさらしておくのは気の毒だ」

「ね、待って」

と、晴美が言った。

「何だ？」

「カメラは？」

「カメラ？」

「小さなデジカメを持ってたのよ、彼女。それで、昨日上司が女子高生と会ってるところを写したの」

「石津、カメラ、あったか？」

「いえ……。バッグの中にはカメラはありませんでした」

「そうか」

「変だわ。確かに持ってたのよ」

「誰かが持ち去ったのか。——犯人が？」

「まずいものが写ってると思って、持って行ったのかもしれないわ」

「デジタルカメラって言ったっけ？」

「ええ、ケーキ屋さんで、何とかいう課長さんのデート現場を撮って、その場で見てたもの。間違いない」

デジタルカメラ——通称「デジカメ」は、フィルムと違って、現像を必要としない。

もし、犯人が浅井啓子を殺した後、カメラを見付けたとしたら、何が写っているのか、その場で確認できるわけだ。

「その課長さんとやら、撮られたことを知らなかったんだな」

「ええ、全然気付いていなかったわ。もし、ここでカメラを見て、自分が撮られてることを知ったら、当然持って行ったでしょうね」

片山は肯いて、

「よし。──もちろん、可能性の問題だが、その課長さんにも会ってみよう」

そのとき、ホームズがスタスタと死体から離れて行った。

「ホームズ、どこへ……」

と言いかけた晴美は、ホームズが、道の端にじっとたたずんでいる女子高校生の足下へ寄って行くのを見ていた。

「お兄さん、見て」

と、片山をつつく。

──セーラー服のその少女は、学生鞄《かばん》を両手で持って、なぜか立ち止ったまま、じっと布で覆った死体を見つめていた。

丸顔で、いくらかふっくらしているが、可愛い顔立ちである。しかし、当人は全くそのことに気付いていないようだ。

「誰だ?」

「さあ……。石津さん、あの子、いつからあそこにいた?」

「さあ……。待って下さい」

石津が、現場の整理に当っている警官を呼んで訊くと、

「あの子ですか。自分がここへ着いて、割とすぐじゃないですかね。ですから、たぶん二、三十分はあそこにいると思いますが」

「二、三十分……。学校へ行く途中なんでしょうにね」

と、晴美が言った。

どこか、思いつめたような気配を感じさせる子である。——じっと見つめているその視線は、死体へ向けられて、足下に座っているホームズにも気付かない様子だ。

「——お兄さん、私、あの子を学校へ送ってあげるわ」

「ええ?」

片山が啞然《あぜん》として、「知り合いでもないのに?」

「三十分もああして立ち止ってたら、遅刻するわね、きっと。ね、パトカーを一台貸して」

「無茶言うな。タクシーじゃないぞ」

「あの子の目つき、ただの野次馬じゃないわ。何か解決への手掛りが見付かるかもしれないわよ。パトカーのガソリン代で、重大な手掛りが出てくれれば、安いもんだわ」

「分ったよ」

と、片山はため息をついて「課長に文句言われたら、お前が説明しろよ」

「任せといて！　栗原《くりはら》さんの扱いなら、慣れてる」

と、晴美は胸を叩いた。

捜査一課長の栗原は、片山兄妹と親しい。特に趣味の油絵をほめてやれば、上機嫌になる、という辺りを読まれているのである。

晴美がその少女の方へ歩み寄って行くと、間近になってやっと我に返った様子の少女は、ハッとして、急いで歩き出そうとした。

「ギャッ！」

少女の足が脇腹をかすめて、ホームズは素早くヒラリと身をかわしたのだが、けとばされたかの如《ごと》き悲鳴を上げた。

「あ、ごめん！」

少女はあわてて、「気が付かなかったの！　ごめんね！」

と、ホームズの方へかがみ込む。

ホームズは少々オーバーにドテッと引っくり返って見せたりしている。

「私の所の猫なの。大丈夫よ」

と、晴美がホームズを抱き上げる。

「ごめんなさい、本当に」

「大丈夫よ。ね、ホームズ？」

ホームズは息も絶え絶えという、苦しそうな息づかいをしたりして、晴美から、

「調子にのるな！」

と、小声で叱られた。

「私、学校に行かなきゃ――」

「それが気になってね。遅刻しない？」

「いつもやってるから」

と、少女は肩をすくめた。

大人びた、投げやりな仕草である。

「どうして、あんなにじっと見てたの？」

と、晴美が訊くと、少女の目は再び布をかけられた死体へと向く。

「あれ、死んだ人でしょ」

「そうよ。殺されたの」

「そう。気の毒だけど、私、羨《うらやま》しいの」

「どうして？」

「だって、あの人、もう目をさまさなくていいんだもの」

と、少女は言った。「できることなら、代ってあげたいわ……」

それでも、パトカーで学校へとぶっとばす、というアイデアは少女を喜ばせ、

「凄《すご》い！　ゲームじゃないんだ」

と、少女らしい反応も見せた。

パトカーはサイレンも高らかに町中を飛ばして行く。

「——片山晴美よ。これはホームズ」

「ニャオ」

と、ホームズが晴美の膝《ひざ》で顔を上げる。

「私、市川充子《いちかわみつこ》です」

と、少女は言って、「さっきはごめんね。握手しよ」

ホームズが前肢《まえあし》をヒョイと差し出すと、少女は声を上げて笑った。

「凄い！　嘘みたい！　私の言ってることが分るの？」

「ホームズはね、ちょっと特別な猫なの」

と、晴美は言った。「充子さんって呼んでいい？」

「はい。もう高一ですから、『ちゃん』はやめて下さい」

と言って、「お母さん、今でも『充子』か『充子ちゃん』だけど」

「母親から見れば、三十、四十になっても、子供は子供よ」

「でも、うちは——」

と言いかけて、「〈充ち足りる〉の〈充〉なんです。私、ちっとも充ち足りてなんかいないのに。お母さん、一人で充ち足りてる」

「あなた、あの殺された人を知ってたわけじゃないのね？」

「たぶん……。だって、顔も見えなかったし」

「そうね。お勤めしてる方で、浅井啓子さんっていう人」

被害者が明日結婚するはずだった、という話に、市川充子は、

「そうですか」

と、なぜか目をそらした。「――結婚したいのかなあ、やっぱり」

何かわけのありそうな言い方だった。しかし、晴美はあえて訊かなかった。

人は訊かれて答えなくてはならない、と思うと、つい考えてもいないことを言ってしまうものだ。

むしろ自分の気持は、自然に言葉になって流れ出たときに、一番飾らない、ありのままの姿を見せる。

「もうすぐ着くわね」

と、晴美は言った。「S女子学園って、仲のいい友だちが通ってたから、文化祭に行ったことがあるの」

「ぎりぎり間に合いそう」

と、充子は腕時計を見て言った。

「ちょっと、サイレンはもう止めて下さい」

と、晴美は言った。「お友だちや先生方が見たら、びっくりしちゃうでしょ」

パトカーは、S女子学園の正門の手前で停《とま》った。

「ありがとう」

と、充子は鞄を手に、「ホームズ、バイバイ」

と、頭をなでる。

「充子さん。――これ、私のケータイの番号」

と、晴美はメモを渡した。「何か話したいことがあったら、いつでも」

「ありがとう！　きっと――」

充子はそのメモをていねいにたたんで、鞄のポケットへしまった。

そして、パトカーを降りると、正門へ向って勢いよく駆けて行った。

「何か、事情のありそうな子ね」

と、晴美は呟《つぶや》いた。「たぶん――また会うわね、あの子には」

「ニャー」

「あんたもそう思う？」

晴美は、ホームズの両目の間を、毛並に沿って指でなで上げてやった。ホームズは心地良さげにじっと目をつぶっていた……。

2　予言

「〈花嫁人形殺人事件〉ですって。思わせぶりなタイトルつけるわね、ワイドショーって」

控室でTVを見ていた草刈《くさかり》まどかは、TV画面一杯に出たタイトルを見て苦笑いした。

「ああ、結婚式の直前に殺されたって事件ですね？　気の毒に」

「本当ね。なかなか美人だったわよね、写真だけだけど。あんな人、殺すなんて、もったいない」

「それが何で〈花嫁人形〉なんです？」

と訊いたのは、草刈まどかと同じ事務所にいて、役者としてのキャリアはそう違わないが、人気の点では雲泥の差、手塚五郎《てづかごろう》という（芸名みたいだが、本名である）男。

「知らないの？　ほら」

と、草刈まどかは折りたたんだ新聞を、手塚の方へ投げてやった。

その記事を読んで、

「へえ、折紙の花嫁人形ですか」

「キザなことやるわね。きっと、次の犠牲者の死体にも、同じ花嫁人形が……」

「次なんて……。やめましょうよ、そんな話」

と、手塚が顔をしかめる。

「そんなに怖がらないのよ」

と、まどかは笑った。

控室のドアをノックする音がした。

とたんに、草刈まどかは「女優」の顔になると、

「どうぞ」

と言った。

ドアが開いて、マネージャーの谷本《たにもと》が顔を出す。

「そろそろ、どうですか」

「集まってる?」

「ほぼ埋《うま》りました」

「じゃ、行きましょうか。あんまり遅れると、午後のワイドショーに間に合わなくなるわ」

立ち上ると、草刈まどかはもう一度姿見の前に立った。

「少し地味じゃなかった？　いくらスーツがいいって言っても」

「今さら、着替えちゃいられませんよ」

と、谷本が渋い顔で、「今日はそれで。いいですね」

「そうね……」

気にし始めると、気になって仕方がない。

諦《あきら》め切れずにいるまどかへ、

「大丈夫ですよ」

と、手塚が言った。「隣に僕が座るんだ。ちゃんと派手に見えます」

まどかは、手塚の言葉が気に入ったらしく、笑い出した。

「――いいわ。じゃ、行きましょう。ね、手塚さん」

「はい」

「会見場へ入るときは腕を組んでね。マスコミを少しは喜ばせないと」

「分りました」

控室を、まどかは堂々たる貫禄で出て行く。

後に従う手塚は、まどかの〈影〉でさえない印象だった……。

ホテルの小さな宴会場が、〈記者会見〉の場にしつらえられている。

ホテルの係の男性がドアを開けると、まどかが、

「ちょっと！」

と、手塚をにらむ。

「はい！　すみません」

手塚はあわててまどかと並ぶと、腕を組んだ。

「行くわよ」

まどかは、会見場へ一歩踏み込むと、にこやかな笑顔になった。

一斉にフラッシュがたかれ、ＴＶ用のライトが点《つ》く。

「――笑って」

と、まどかは小声で手塚に言った。「お通夜《つや》じゃないのよ」

「歯が痛いことにしましょうか？」

「ともかく今は……」

話し終らない内に、二人は正面の席に並んで座っていた。

一斉にカメラマンが押し寄せて来て、二人を撮りまくる。

その後ろの席についたリポーターたちが、

「おい！　早く始めろ！」

「カメラ、ちょっと退《さ》がれ！」

と、文句をつける。

「お待たせしました」

と、谷本がマイクに向って言った。「ご案内の通り、今日は、私どもの事務所におります草刈まどかの結婚発表記者会見を開くことになりました……」

悠然とカメラを見て、微笑《ほほえ》んでいるまどかと、こわばった顔に、引きつったような笑みを浮かべた手塚。――対照的な二人だった。

マスコミは、もちろん、草刈まどかと結婚するのがどんな男か、見に来ているのだ。

「では、草刈まどかよりひと言」

谷本にふられて、まどかは少しむくれたが、TVカメラは一瞬も二人から離れない。

「今日は、私のプライベートなことに大勢集まっていただいて、ありがとうございます」

マイクを手に、淀みなくしゃべる。

「私も今年三十三です。これまで何度も噂が立って、お手数をかけました」

と笑わせ、「三十を過ぎてからは、〈草刈まどかはレズだ!〉などと書かれました。やっと、今日、こうしてその記事が間違っていることを証明できて、大変幸せです……」

――草刈まどかは、「最後の大女優」とも呼ばれる人気者だった。

そのまどかの選んだ相手――手塚五郎は、今にも失神するかというほど緊張していた。

「じゃ、今度はあなたよ」

と、まどかからマイクを渡され、震える手でマイクをつかんだ。

「あの……」

と言ったきり、言葉が出ない。

「名前を」

と、まどかが囁《ささや》く。

「あ――はい、あの……手塚五郎と申します。どうぞよろしく」

早口で言って、マイクを置いてしまう。

あまりの短さに、みんな呆気に取られていた。谷本があわてて、

「手塚五郎は、演歌歌手として、これまでに七枚のシングルを出しております。また役者としても、多くのドラマに出ておりまして……」

「何に出てました？　記憶ないけど」

と、遠慮のない、若い女性リポーターが訊く。

谷本がいくつかドラマのタイトルを挙げていくのを聞きながら、手塚の背中には汗が盛大に流れていた。

「脇役ではありますが、キャリアは十年近いのです」

何の役で出ました？　――そう訊かれたら何と答えよう？

何しろ「出演した」と言っても、三分の二は二時間もののサスペンスドラマでの「死

体」の役だ。

どういうわけか、初めから死体で出て来ても少しも違和感がないのだ。その代り、当然、役名はあっても、死んでいるので自分で名のることがない。

しかし、幸いその問いはなく、まどかがほとんど一人で返事をし、打ち合せの通り、「二人のなれそめ」から、「結婚へ至るいきさつ」を語っていた。

──現実には何でもないので、どんな話もでっち上げられる。

しかし、後でビデオを何度も見ておかないと、答えが食い違って妙なことになりかねない……。

手塚は、もちろん役者も嫌いではない。

いや、「好き嫌い」など言っていられる立場ではないのだ。

その手塚にとって、今日の記者会見はこれまで最大の「大役」だった……。

「──お疲れさま」

控室へ戻ると、まどかがソファに落ちついて、ふとテーブルに目をやった。

「これ……何なの？」

テーブルの上には、折紙で作った花嫁人形が置かれていたのである。

「ああ、参った！」

草刈まどかの「婚約者」、手塚五郎は、控室へ入ると、もうソファにドカッと座ったきり、動く元気もなかった。

「ねえ、これ、誰が置いたの？」

まどかが、花嫁人形を手に言った。

マネージャーの谷本は、まだ記者会見の会場にいて、マスコミに、まどかの結婚式に関する情報のプリントを渡している。

控室には自分と手塚しかいなくて、手塚はずっと一緒だったのだから、折紙で作った花嫁人形を誰が置いたか知るわけがない。

しかし、スターというものは、何か言えば必ず誰かが聞いていて、返事をしてくれるものと思っているのである。

「――何です？」

手塚は、自分以外にまどかの言葉を聞いている人間がいないことに、やっと気付いた。

「これよ！　この人形……」

と言いかけて、まどかはあわててテーブルの上に放り出してあった新聞をつかんだ。

社会面を開くと、殺されたＯＬの死体にのせてあった、折紙で作られた花嫁人形の写真がのっている。

「ねえ、見てよ！」

まどかは、その写真のわきに、人形を置いた。手塚が腰を上げて、

「――よく似てますね」

「似てるどころか……まるで同じよ」

「はあ」

手塚は肯いて、「でも、何でこれがここに？」

まどかの方が、頭の回転は早いようだった。

「犯人が……置いたんだわ」

と言いながら、一気に血の気がひく。

「――まさか」

手塚は笑った。――が、すぐに真顔になって、

「何かのジョークじゃないんですか？　ＴＶのバラエティ番組とか……」

「違う――と思うわよ」

まどかも曖昧《あいまい》な言い方をしてしまったのは、何しろ今のＴＶというのはどんなことでもやりかねないからだ。

「きっと、どこかに隠しカメラでもあるんですよ」

と、手塚は立ち上って、控室の中を見回した。

「でも、気持悪いわ。ね、谷本さんを呼んで来て」

「分りました」

手塚が控室を出て行こうとする。

「——待って！　一人にしないで！」

自分で「呼んで来い」と言っておいて、まどかは、それでは自分がここで一人になってしまうことに気付いたのである。

「——は？」

手塚が、ドアを開けたところで振り返った。

「ここにいて！」

と、まどかは言って——息をのんだ。

半ばドアを開けたまま、振り返っている手塚の向うに、ナイフをつかんだ手が覗《のぞ》いたのである。

振り上げたナイフが、手塚の肩に切りつけた。

まどかは声を上げることしかできなかった。

手塚は肩先をナイフで切られ、叫び声を上げた。

だが——手塚の行動は正に英雄的なものだった。

苦痛の中、ドアを閉ざして、開けられないように体ごとドアを押えながら、

「電話で誰か呼んで下さい！」

と叫んだのである。「そこの電話で助けを！」

まどかは恐怖のあまり、這《は》うようにして館内用の電話へ辿《たど》りついた。

「——もしもし！　——助けて！　誰か助けて！　人殺しよ！」

受話器を取って叫ぶ。「もしもし？　——誰か出て！　お願い！」

「まどかさん、内線番号を押さないと」

と、手塚が言った。「確か、フロントは8番です。〈8〉を押して！」

「〈8〉？　——〈8〉ね」

震える指でボタンを押す。「——もしもし！　人殺しよ！　助けに来て！」

相手が出るなり、まどかは叫んでいた。

「まどかさん！　落ちついて下さい！」

と、手塚が大声を出した。「名のって、それから控室にいると」

「あ、あの——私、草刈まどかよ！　今、控室なの。誰かが刃物を——。ともかく早く来て！」

まどかは手塚の方へ、「何とか分ったみたいよ」

「良かった。——もう少しの辛抱です」

ほんの一、二分のことだったろうが、バタバタと駆けて来る足音が聞こえるまでが、永遠のように長かった。

「まどかさん！」

谷本の声がした。

手塚はドアを開け、

「まどかさんは大丈夫です。危いところで……」

と言うと、床にドサッと尻もちをついた。

ホテルの人間が何人も駆けつけて来る。

「私は何ともないわ。手塚さん！」

誰も気にしていなかったが、手塚は肩から血を流し、上着を赤く染めて、真青になって床に座り込んでいた。

「早く救急車を呼んで！」

まどかは手塚のそばへ駆け寄った。

「僕は……大丈夫。谷本さん！　犯人がその辺にいるかもしれない。まどかさんをガードして、連れ出して下さい」

「分った。まどかさん、行きましょう」

谷本がまどかの肩を抱いて立たせると、「――後をよろしく。何人か、一緒に来て下さい」

と、まどかを囲むようにして、控室を出て行く。

まどかは、ドアの所で手塚の方を振り返った。

「気を付けて……」

手塚は、まどかに向って手を振って見せると、そのまま気を失って倒れてしまったのである……。

3　ケーキとプロ

「私、死にたいんです」

市川充子は、ごく普通の口調で言った。

それは、ちょうどその前に、ケーキのサンプルを持って来てくれたウエイトレスの笑顔を見ながら、

「じゃあ……私、これ！」

と、マロンのタルトを指さしたときと、ちっとも変っていなかった。

晴美は何とも言いようがなかった。

何しろ、理由も事情も、一つも分らず、

「私、死にたいんです」

と言われても困ってしまうのである。

「あら、そう」

と、晴美は言った。「でもねえ……」

「私、もともと生れて来たくなかったんです」

市川充子は、とりあえず水を一口飲んで、「あ、おいしい。水道の水じゃないですね、これ」

「ミネラルウオーターをちゃんと買って来て、使ってるんですよ」

ウエイトレスが、充子の言葉を耳にして、テーブルにケーキ用のフォークを置きながら言った。

「そういうこだわりがあって、いいのよね、このお店」

と、晴美は微笑んだ。

「あの――」

ウエイトレスといっても、ベテランらしい。三十はいくつか過ぎていると思える。その女性が、「この前、一緒にいらした方、確か事件にあわれて……」

「ええ、そうなんです。よく憶えてますね」

「だって、あの日の帰りでしたでしょう？　私、ショックで……。あの日、私がもう少し早く飲物をお出ししてたら、あんなことにならないですんだのかもしれないと思うと……」

「そんなことはありませんよ。あの犯人は、浅井啓子さんを帰り路で待っていて刺したんですから。あなたがそんな風に考える必要はないと思いますわ」

「ありがとうございます。そうおっしゃっていただけると、少し気持が楽になりますわ」

と、頭を下げる。

ちょうど店の自動扉が開いて、入って来たのは片山義太郎と石津の二人。

「お兄さん」

「やあ、もう来てたのか」

晴美は、兄と石津を充子に紹介した。

「それで、どうなったの?」

と、晴美は訊いた。

「中原って課長と、この店で会うことにしたよ。じき、来るはずだ」

片山と石津が、晴美たちの隣のテーブルにつく。

「話はしたの?」

「一応な。でも、女子高生と会ってたってこと自体も、頭から否定してる」

「呆れた! 私だって、この目で見てるのに」

と、晴美は言った。「そうだわ。お店の人だって——」

さっきのウエイトレスを呼ぶと、晴美は兄を紹介した。

「——まあ、刑事さんでしたか。私、この店の接客を任されております、長田幸子《おさださちこ》と申

します」

と、片山は言った。「これから来るお客は、この間殺された女性の上司なんですが、この店で女子高校生と会っていたということで。——見れば分りますか」

「ね、この間も、ここで会ってましたよね」

と、晴美が訊くと、

「はあ……」

と、長田幸子は少し困ったように、「その方のことは、たぶん分ると思います。でも、何か悪いことをなさったんでしょうか」

「いや、今のところはそういうわけじゃないんですけどね」

「それでは、ちょっとご勘弁下さい」

と、片山が言うと、

「というと？」

「ここでのお客様方は、皆さんプライベートな時間を過しておられるんです。店の人間が、いちいち誰と誰が会っていたとかしゃべってしまっては、どなたも安心してこの店へおいでになれません。ですから、私も店の人間として、その方が誰と会っておられたか、お話しするわけにはいかないんです。すみません」

片山と晴美は顔を見合せた。

「分りました」

と、片山は言った。

「わけの分らないことを言って、すみません」

と、長田幸子は頭を下げた。

「いや、こちらこそ。あなたの言うことが正しいと思いますよ」

「ありがとうございます」

と、長田幸子はホッとしたように、「ご注文をうかがってもよろしいでしょうか」

石津は、

「僕も、今の話に感心しました。コーヒーだけじゃ悪い。ケーキもいただきます」

と真面目くさった顔で言った。

「どうせ食べたかったんだろ」

と、片山がからかった。

「否定はしません」

——話を聞いていた市川充子は、

「びっくりした」

と言って、愉快そうに、「こんな人たちに囲まれて暮せるなんて、あのホームズって、本当に幸せ」

「本人は異議があるかもしれないわよ」

と、晴美は言った。「でも――どうして、あなた、死にたいの？」

「だって……私が生きてたって、誰も喜ばないんですもの」

「それだけのことで？」

「もったいない！」

と、石津が聞いていて言った。「死んだら、おいしいケーキも食べられないんだよ」

「そうですよ」

長田幸子がケーキのサンプルをのせた盆を運んでくる。「少なくとも、この全部の種類を食べるまで、生きてみては？　その先のことは、またそのとき考えればいいでしょ？」

充子は、ちょっと笑って、

「――私、一日に二回以上笑うのなんて、久しぶり」

と言った。

「じゃ、お兄さんも一つ選んで」

「俺はいいよ」

「選ばなきゃだめ！」

と、充子が言った。「片山さんが食べなきゃ、私、死んじゃう」

「簡単に死ぬなよ」

と、片山は苦笑して、仕方なく、できるだけカロリーの低そうなケーキを選んだのだった。

「――充子さん」

と、晴美はケーキを食べながら言った。「あなた、誰かに知ってほしいのね、自分が幸せじゃないってことを」

充子はケーキを食べていた手を止めて、

「どうして分るの?」

と、晴美を見つめた。

「何となくそう思ったのよ」

「私……晴美さんと、まだ何時間も一緒にいたわけじゃないのに。それなのに、私の考えてることが分った。――十六年間、一緒に暮してても、全然分ってくれない人もいるのに」

「それって――」

と、晴美が言いかけたとき、店に中原が入って来た。

「ああ、どうも」

片山は食べかけのケーキを残したまま、中原を空いた席に座らせた。

中原は仏頂面《ぶっちょうづら》で、

「コーヒー」

と注文すると、「早くして下さい。こんな店にゃ慣れてない」

「そうですか？　女子高校生とここで待ち合せていたと……」

「とんでもない！　私は酒飲みでしてね、こんな甘いものの店など近寄りませんよ」

「しかし、亡くなった浅井啓子さんは、ここであなたを見かけたと婚約者に話してるんですがね」

「そんなのは、浅井君の間違いです！」

と、中原は不愉快そうに言った。

「しかし、こんな小さな店ですよ。いつも会っているあなたのことを、見間違えるとは思えませんね」

「何と言われても、それは私じゃありません」

と、あくまで言い張る。

そして中原は、ちょっと肩をすくめると、

「まあ、浅井君は私のことを嫌っていましたからね。そのせいで、そんな話をでっち上げたんでしょう」

「でっち上げる？　どうして、そんなことまでする必要があるんです。よっぽど恨まれるようなことでも？」

「私の方は何もしませんよ。ただ、浅井君の方が私に言い寄って来たことがありましてね」

中原の言葉に、片山も啞然とした。

「言い寄った、と？」

「そうです。何人かで飲んだとき、帰りに彼女、気分悪くなったことがありましてね。私が介抱してやったんです」

聞いていた晴美が、

「もっと悪くなっちゃう」

と呟くのを耳にして、充子はふき出すのを必死でこらえていた。

「それで、私のことを好きだと言うんで、私には家族がある、君の気持に応じるわけにはいかない、と言い聞かせてやりました。一応納得したようではありましたが、どうも、内心では恨んでいたんですね」

聞いていた晴美は胸がムカついた。立って行って、熱い紅茶でも、頭からぶっかけてやりたいのを、何とかこらえた。

むしろ、逆に中原が浅井啓子に言い寄って振られたというのなら、大いにありそうなことである。

「――じゃ、私はもうこれで」

と、中原が立ち上りかける。

「待って下さい」

と、晴美は言った。「――私も、ちゃんと見ています。あなたが女子高校生とお二人でケーキを食べているところをね。浅井啓子さんが殺された日です」

「ほう」

中原は少しも動じる様子がなく、晴美を見返して、「失礼だが、前から私のことを？」

「いえ、あのときが初めてです。でも、間違いなくあなたですわ」

「背広にネクタイの中年男なんて、みんな似たようなもんですよ。そんな証言、あてになりませんね」

と、軽くはねつけ、「じゃ、刑事さん、これで」

と、出て行こうとする。

「――あら、お待ち合せでは？」

と、長田幸子が水のコップを置いて言った。

「他の人と間違えてるね。私はこんな店、今日まで来たことがないよ」

と、中原は長田幸子をにらんだ。

「あら、失礼しました。でも、てっきりお待ち合せかと――。あちらの方と」

「何を一体――」

と、中原が店の入口の方を見て、「アッ」

と、声を上げた。

ブレザーの制服姿の女の子が三人、おしゃべりしながら入って来る。そして、晴美はその中の一番目立っている子が、正に中原とこの店で会っていた子だと気付いた。

中原は目に見えてうろたえると、

「あ、あの――ちょっとトイレを」

と、入口の方に背を向けたが――。

「あ！　おじさん！」

と、その女子高生が大声で呼んだ。「やった！　偶然だね、このお店で会うなんて」

中原は必死で、

「他の誰かとお間違えでは？」

とやっていたが、相手は聞こうともせずに、連れの二人の方へ、

「これが、いつも話してる、とってもやさしくて気前のいいおじさん」

と紹介して、「このおじさんに会ったからは、ここのケーキ代、全然心配いらないよ」

「ええ？　悪いじゃない」

「いいのよ。何だったら、夕ご飯もごちそうしてくれるかも」

「うそ！　私、芸能人のよく行く〈C〉に行ってみたい」

「私、ホテルKのお寿司」

「待って！　おじさんの都合もあるし。——ね？」

中原は、片山たちの方を、情ない顔で見た。片山は、

「悪いけどね、こちらの『おじさん』とは、これから仕事の打ち合せがあるんだ」

と言った。

「でもね」

と、晴美が付け加えて、「ケーキと飲物ぐらいなら、きっとごちそうして下さると思うわよ」

「いいよ、いいよ」

と、三人は肯いて、「食事はまた今度で」

中原は、引きつったような笑みを浮かべて、

「じゃあ……好きなケーキを選びなさい」

「やった！」

長田幸子がケーキのサンプルの盆を持ってくると、三人は目を輝かせて、

「今日はダイエット、諦める」

「でも、ここのケーキ、そう甘くないんだよ」

「一つじゃ失礼だよね、せっかくごちそうしてくれるっていうのに」

と、一人一人が三つずつ（！）選んだ。

中原は苦虫をかみつぶしたような顔で、片山の、

「それじゃ、我々も仲良く話し合うことにしましょうか」

という言葉を聞いていた……。

4　家庭の風景

「おじさん、バイバイ！」

「ごちそうさま！」

「いつでも、メールちょうだいね！」

「ちょっと！　私の『おじさん』に手出さないでよ！」

と、その女子高校生は言って、「じゃ、私、おじさんと話あるから」

「明日、詳しく聞かせて！」

「高いよ！」

「じゃあね、また明日」

――店の中が急に静かになった。

二人、女子高生が帰って行って、中原と付合っている子一人が残った。

そして、片山たちがいるテーブルへやって来ると、椅子を引いて座り、

「それで？」

「君は……」

「堀田《ほった》ルミ。十六歳。R女子学園一年生」

と名のって、鞄から学生証を取り出した。「この通り」

「ありがとう」

片山は、すっかり青くなってしょげ返っている中原の方を見て、「――君、この中原伸治《しんじ》さんと付合ってたね？」

「うん」

「三日前の夜、ここで会った？」

「会ったよ」

「ここを出てから、どうした？」

中原がゴクリとツバをのみ込んだ。

この堀田ルミという子が、「すぐ別れた」と言えば、浅井啓子を殺した可能性がある。

しかし、「二人でいた」と言われても、十六歳の子を相手にすれば、ただではすまない。

「一緒だった」

「何時ごろまで」

「十時ごろかな」

「間違いなく？」

「時計見て、『十時だから、もう帰ろう』って私が言ったの。——この時計、ロンジンで正確だから」

「そうか」

それでは、浅井啓子を殺すことはできなかったわけだ。

しかし、正直なところ、片山にはこの男が人殺しをしたとは、とても思えなかった。

晴美も同じテーブルに加わっていた。

「ルミちゃん、だっけ。この中原さんとどこにいたの？」

中原が、ますます青ざめる。

ルミは少しも動揺する気配もなく、

「歩いてた」

「歩いてた？　十時まで？」

「ベンチで座ったり、この辺の高いビルの展望台に上ったり。——この辺り、行こうと思えば、一杯色んなもんがあるのよ」

「歩きながら——何してたの？」

「話してた。色んなこと」

「どんなこと？」

「仕事の話。会社でいやなことがあったって話。誰も俺の辛《つら》さを分ってくれない、って話。今の若い奴らは年上の人間を尊敬しないって話」

「グチばっかりじゃないの」

「そうだよ。でも、そういうとこが可愛いんだ」

「可愛い？」

「正直だよね。私みたいな年齢《とし》の子と話してると、やたらお説教したり、何でも分ってる、みたいな顔したりする人が多いでしょ。でも、中原さんって、私には安心して何でも話せるみたいなの」

「へえ……」

「あのね――」

と、堀田ルミは片山の方へ、「刑事さん、私とこの人、友だち同士なの。こういう取り合せだと疑われても仕方ないけど、ホテルに行ったりしてない。本当よ」

「そうか」

「おじさんと高校生が友だちになってもいいでしょ？　それって、法律違反じゃないでしょ」

「そりゃそうだけど……」

「ねえ、そうだよね。私、中原さんととっても話が合うの」

正直なところ、中原の様子を見ていると、この娘の言う通りとも思えないのだが、堀田ルミが自分のことだけ考えているのなら、ここまで中原をかばうこともあるまい。

——この子はなかなか大人なのかもしれない、と片山は思った。

「分ったよ」

と、片山は言った。「——中原さん。今日はもう引き取っていただいて結構です。必要なときは、また連絡します」

「分りました」

中原は額の汗をハンカチで拭いた。

「じゃあね。また」

と、ルミは手を振った。

「うん……」

中原が、ルミの方へちょっと肯いて見せ、急ぎ足で店を出て行く。

「——私のこと、学校に知らせる？」

と、ルミが言った。

「いや。何もしてないんだろ？　君を信じるよ」

ルミはニッコリ笑って、

「珍しい」

と言った。

「何が?」

「子供を信じてくれる大人なんて、めったにいないもの」

堀田ルミは、十六という年齢らしく、少しふっくらとして、少女らしい、あどけない雰囲気も持っていた。

「そんなことないわ」

と、晴美が言った。「色んな大人がいるのよ。色んな十六歳がいるようにね」

「うん。少し考えが変ったよ」

ルミは立ち上ると、「中原さんを、あんまりいじめないでね。気の弱い人なの。だから、馬鹿にされたりするのが怖くて、つい口やかましくなるんだよ」

「なるほど」

「もう会えなくなったら、中原さん、これから誰にグチをこぼすのかな……」

ルミが、「さよなら!」

と、手を振って出て行くと、しばらく誰も口を開かなかった。

「——驚いた」

と言ったのは市川充子。「私と同じ十六歳? 凄く大人だ」

「そうねえ」

と、晴美が首を振って、「でも、早く大人びるのがいいことでもないのよ」

「うん……。だけど、しっかりしてる」

充子は圧倒されているようだった。

「でも、お兄さん、私、あの中原が犯人だとは思えない」

「俺もそう思った。あのルミって子の言ってるのが本当だとすれば、物理的にも不可能だけどな」

「それなら、デジカメをなぜ犯人が持って行ったかが問題ね」

「そうだな。——ま、中原も、逃げたりはしないだろう。デジカメに何が映ってたか、少しでも分る人間がいるといいけどな」

晴美が、ふと、

「充子さん。もう帰った方がいいんじゃない？　お宅で心配されてるかも」

「大丈夫。全然心配なんかしない」

と、充子は言った。

「——いらっしゃいませ。あら」

長田幸子が、入って来た男性を見て、「早いのね」

「うん。予定してた会議が中止になって」

「あら、そうなの。でも、お店は同じ時間まで開いてるわよ」

「分ってるよ」

「あの——主人ですの」

と、幸子が片山たちに紹介した。

「長田登《のぼる》といいます」

ツイードの上着を着た、穏やかな感じの男性である。

「学校の先生ですか」

と、晴美が訊くと、ちょっと目を見開いて、

「よくお分りですね」

「袖口《そでぐち》に白墨《はくぼく》の粉が」

「ああ、なるほど」

「中学校の教師ですの」

と、幸子が言った。「生意気な生徒たちに手を焼いて、毎日遅いんですよ」

「どうせこの店も九時半まで開いてるので、たいてい帰りに寄って、一緒に帰ります」

「あなた、せっかく早く帰れるんだから、家で本でも読んでれば。少し眠ってもいいし。いつも寝不足なんだから」

幸子の言葉に、長田登は、

「同じことさ。本ならどこででも読める。——コーヒー一杯で閉店までいちゃ邪魔かな?」

「あんまりいいお客とは言えないわね」

と、幸子は笑って言った。

「それじゃ……ウインナ・コーヒーにしよう。三十円高い」

と、長田は真面目くさって言った。

「――いいなあ」

と、充子が、また羨しがっている。

「やっぱり、いい亭主に恵まれてると、いい仕事ができるのね」

と、晴美も感心している。

「全くです！」

石津が肯いて、「僕も、も、もし晴美さんのようないい奥さんに恵まれたら、警視総監にでも……」

「刑事さんですか」

と、近くの席についた長田は言った。「何だか、今日、女優の草刈まどかの婚約発表で、婚約者の男性が切りつけられたとか……」

「そうですか」

と、片山は初耳で、「犯人はファンか何かで……」

「いや、本当は草刈まどかを狙ったんじゃないかとニュースでは言ってましたよ」

と、長田が言った。「控室に、折紙で作った花嫁人形が置いてあったそうですね。この間の、ここに寄って帰ったOLさんと同じ犯人では、とニュースで言ってましたが」

——片山と石津は愕然《がくぜん》とした。

まるで聞いていない！　片山は、席を立つと、

「ちょっと、トイレに——」

と、あわてて店の外へ出て、ケータイを取り出した。

「もしもし！　課長ですか」

「片山か。でかい声を出すな。石津と似て来たんじゃないのか？」

と、栗原警視は言った。

「そんなことより、課長——」

「分ってる。草刈まどかの件だな」

片山はムッとして、

「どうして連絡してくれなかったんですか」

「簡単だ。俺も知らなかった」

「課長も？」

「ついさっき、TVのニュースで知った。こっちへの連絡が遅れたんだ」

「それにしたって……」

「誰かが連絡したと思ったんだろう。それと、婚約の取材に行っていたTV局の一つが、引き揚げるのが遅れて、うまく事件に出くわした。例の花嫁人形のことも、他の局へ知らせたくないんで、隠していたらしい」

「ひどいじゃありませんか！」

「ともかく、現場ももう片付いちまった。明日、向うへ行って詳しいことを聞いてくれ」

「分りました」

片山は渋々言った。「けがですんだんですね？」

「らしいな。TVを見てくれ」

片山は何とも言えなくなってしまった……。

5　誘拐騒ぎ

「信じられないよ、全く！」

片山はＴＶを見ながら言った。

「そう怒らないで。たまにはあるわよ」

晴美は夕食の仕度をしながら、「ねえ、ホームズ？」

「ニャー……」

「遅いけど、夕ご飯をうちで食べられるって、いいことじゃない」

「まあな……」

珍しく、石津がどうしても戻って片付けなくてはならない仕事がある、というので、夕食に来ていない。

「分らないぞ、あいつのことだ。『やっぱり、仕事より食事です』とか言って、やって来るかもしれない」

「一応、大丈夫なように用意はしてあるけど」

てね」

と、晴美はご飯をよそって、「さ、食べましょ。ホームズは、少し冷めるまで待って
TVでは、〈狙われた草刈まどか！　愛する人を守った！　婚約者の勇気！〉という
文字が何度も出て、手塚五郎という、見たことのない役者が、草刈まどかの代りに肩を
切られたというニュースが流れている。

そして、〈謎の花嫁人形〉と、画面に出ているのは……。

「——そっくりだな」

と、片山は言った。「少なくとも、見たところは全く同じだ」

「同じ犯人？　でも、普通のＯＬだった浅井啓子さんと、スターの草刈まどかじゃ、まるで違うわね」

「どこかに共通点があるんだろう。よく当ってみなきゃ」

と、片山は食べ始めて、「——ともかく、割合に軽いけがですんで良かった」

そう言ったとたん、玄関のドアをノックする音。

「やっぱり来たな」

「でも、石津さんにしちゃ静かじゃない？」

「みっともないんで、多少はこっそりやって来たのさ」

と、片山は言った。

「はーい」

晴美が玄関のドアを開けて、「——あら、充子さん」

立っていたのは、市川充子だったのだ。

「今晩は！　ホームズは？　——あ、いたいた」

と上って来て、食事の皿の前でうずくまっていたホームズのそばに膝をつくと、なで回す。

「どうしたの、充子さん？」

「今夜泊ってもいいでしょ？」

「泊るって……。でも、お宅へは？」

「お母さんあてにメモを置いといた」

「そんなこと……。明日、学校もあるんでしょ？」

「ちゃんと仕度して来た。それで時間かかってたの」

「お母さんに直接言わないで？」

「だって、帰って来ないんだもの」

充子は片山の方へ、「お邪魔します」

と、正座して頭を下げた。

「何も、こんなボロアパートに」

と、片山は苦笑して、「夕ご飯は? まだなら、ともかく食べて、それからお母さんにちゃんと電話するんだ。分った?」

「はい! お腹空《す》いた!」

「じゃ、座ってて。すぐ仕度するわ」

――充子はアパートの中を見回して、

「狭いけど、落ちつくな」

と言った。

「あなたの所は?」

「うちはマンション。――えーと、一、二、三……」

と指を折って、「〈5LDK〉かな」

「ずいぶん広いのね!」

と、晴美が目を丸くする。

「お風呂が二つ、トイレが三つ。――私とお母さんしかいないのに」

「二人で住んでるの?」

「お手伝いさんはいるけど」

充子は、早速《さつそく》おいしそうに食べ始めた。

体の大きさは比較にならないが、食べっぷりの良さは石津に負けない。

これで石津さんが来たら、ご飯が足りなくなるわね、などと晴美が考えていると、食事をしていたホームズがふと顔を上げ、表の方を気にしている様子で、

「ニャーオ」

と鳴いた。

「ホームズ、どうしたの？　誰かいるの？」

「石津の奴かな」

「まさか。石津さんなら、足音で分るわ」

と言った晴美の耳に、廊下の床がきしむ音が届いた。「——本当だ。石津さん？」

と、声をかけると、

「晴美さん！　ご無事ですか！」

と、石津の声。

「ご無事って……」

晴美が玄関へ出てドアを開けると、「——何ごと？」

晴美は目を丸くした。石津の後ろに、警官が五、六人も固まっている。

「いや良かった！　じゃ、いたずらだったんですね」

「どういうこと？」

「娘が誘拐されたと届け出があって、こ、ここに閉じこめられてると」

「ここ?　このアパート?」

「ええ。住所が、どう見てもこのアパートなんです。しかもこの部屋で」

「だけど——」

「市川アンヌという人の届け出があって」

「市川?」

それを聞いて、充子がびっくりして立って来た。

「お母さんだわ!」

「まあ、でも、どうして?」

そこへ、ドタドタと廊下を揺がす足音がして、勢いよくやって来たのは中年のがっしりした体つきの女性。

「充子ちゃん!　大丈夫なの?」

と、充子を抱きしめようとする。

充子は、なれているとみえ、スルリとその手から逃れて、

「お母さんたら!　ちゃんとメモを残しといたでしょ!」

「だって、男の所に泊りに行くなんて、どう考えてもおかしいじゃないの」

「誘拐だなんて!　刑事さんのお宅よ、ここ」

「若い娘が男の所へ一人で出かけて行ったら、誘拐も同じよ」

ずいぶん無茶なことを言う人だ、と晴美は呆れた。そして、その女性の顔を見て、

「あ……。市川アンヌさん」

TVなどでよく見る顔である。「じゃ、充子さんのお母さんって……」

充子は、ため息をつきつつ、

「母です」

と言った。「お騒がせして……」


「まあ、そういうことだったの」

と、市川アンヌはにこやかに、「充子がお世話になって」

石津が玄関から入って来て、

「みんな引き揚げさせました」

「ご苦労様」

と、晴美はねぎらった。「夕ご飯、食べてく?」

「はあ……」

「心配しないで。少し待ってくれれば、ご飯炊くから」

「それじゃ、私もいただいて行こうかしら」

「お母さん!」

「あら、あんただって食べてるじゃないの」

「市川アンヌさんは、いつもフランス料理とかの有名なお店で召し上ってらっしゃるんでしょ？　うちの家庭的なおかずでお口に合うかしら？」

「ええ、構いませんわ。たまには質素な食事も気が変って」

「お母さん！」

と、充子が真赤になる。

「ごめんなさいね。私、何でも正直に言ってしまうたち、、なの」

と、市川アンヌは言って、「ワイン、置いてある？」

「お母さん、レストランじゃないのよ」

「あいにく、料理用のしか」

と、晴美は言った。「じゃ、少し待っていて下さい」

市川アンヌは部屋を見回して、

「古いけど、きれいにしてあるわ」

「あの……」

と、石津が言った。「失礼ですが、どういうお仕事を？」

「あら、それって冗談でしょ？　ＴＶを見ないんですの？」

「たまには見ますが、忙しいもんで」

晴美が台所で、手早くいためものを作りながら、

「市川アンヌさんは作家よ。〈天使と私〉って、大ベストセラーになって……。ああ、それじゃ、あの〈天使〉が充子さんのことなんですね」

「ええ、そうなの」

と、市川アンヌは肯いて、「こんなに大きくなっちゃってね。今じゃ、大分ふくれっつらの天使だけど」

片山も、ぼんやりとではあるが、記憶があった。

この充子が十六歳なのだから、もう十五、六年前になるのか。

当時、まだ新人の作家だった市川アンヌが、ある週刊誌に〈私は××さんの子を産みます！〉という手記を載せたのである。

相手は大手企業の社長で、もちろん妻子のある身だった。

市川アンヌは、相手のことをはっきり実名で書いて、

「私は結婚してくれとは一度も言わなかった。これからも言う気はない。この子は私一人で産み、育てる」

と宣言したのだ。

相手は初めの内否定していたが、市川アンヌが二人でとった写真を週刊誌に出したりしたことで諦めたのか、確かに関係があったことを認めた。

そして、「できるだけのことはする」と言ったが、市川アンヌはそれもはねつけて、「未婚の母」になることを選んだのだ。

その当時は、それはまだ珍しく、勇気のある行動として、彼女の名は一躍広く知られるようになった。

そして女の子が生れると、市川アンヌは、出産までのいきさつから、我が子との日々をつづった〈天使と私〉を出版し、これが百万部を超すベストセラーになったのである。

以来、市川アンヌは途切れることなくマスコミにも顔を出し、TVのクイズ番組のレギュラーになったりして、作家というよりタレント活動の方が主になっていた。

「もう十六年ですか。早いですね」

晴美は、食事の仕度をして、「——お待たせしました」

「どうも。充子、あんたも食べなさい」

充子は黙って食べ始めた。

石津も一緒に。——この一晩で、片山家の米は一気に減っただろう。

「——じゃあ、この間の殺人事件を調べてらっしゃるの」

アンヌは、片山の話に目を輝かせて、「何かマスコミに出てない手がかりとか、ありません？」

「お母さんに言っちゃだめよ」

と、充子が口を挟んだ。「TVへ出てペラペラしゃべっちゃうから」

「失礼ね」

「本当じゃない」

と、充子は言い返した。

「TVでね、レギュラーを取るのは大変なのよ。いつもアンテナを張りめぐらせとかないと——。あ、失礼」

アンヌのバッグでケータイが鳴った。

「お母さん、着メロ、変えたら？　もう少し落ちついたメロディに」

片山もよく知らない、今流行の曲らしい。

「——もしもし。——あ、私です。——あら、今から？　——ええ、もちろん！　それじゃ三十分したらロビーに行くわ」

と、通話を切ると、「ちょっと用ができたので、失礼します」

「お母さん、悪いよ、せっかく仕度してくれたのに」

「でも仕方ないじゃない。色々忙しい方たちとお付合いがあるのよ」

「男でしょ、どうせ」

「いけない？」

「いいけどさ」

「今夜、箱根へ行って泊ってくるわ。明日、ちゃんと学校に行くのよ」

「分ってる」

「私はね、あんたを入れてもらうために、毎年あの学校で、タダ同然の講演料で講演してるんだから。しっかり行ってくれなきゃ困るわよ」

「ちゃんと行ってるじゃない！」

と、充子は言った。

「それじゃ、これで。――ごちそうさま」

と立ち上ると、市川アンヌは玄関へ出て、「じゃ、充子をよろしく」

「ええ、ご心配なく」

と、晴美が送りに出ると、

「これを」

と、アンヌが晴美の手にお札を何枚か押し込んだ。

「あの――」

「それじゃ、お邪魔しました」

ドタドタと、かなり無神経な足音をたてて、行ってしまう。

「にぎやかなお母さんだね」

と、片山が言った。

「すみません」

と、充子は穴があったら入りたい、という様子。「ちょっと——手を洗わせて」

充子が立って行くと、晴美は、

「呆れた人ね」

と、手の中の一万円札を見せた。

「そんなもの、置いてったのか」

「あの子に言えば、もっと辛《つら》いでしょ。後で送り返しておくわ」

「うん、それがいい」

晴美はお金をポケットへしまった。

「——晴美さん」

と、石津が言った。「ご飯、おかわりしてもいいでしょうか」

「もちろんよ！　沢山食べてね。タダよ」

「その内、まとめて請求してやる」

と、片山が言うと、ホームズが、

「ニャー」

と笑った。

手塚は目を開けた。

身動きしようとして、背中の痛みで、自分がどうしてうつ伏せに寝ているのか思い出す。

「いてて……」

肩から背中にかけて、そう深くはないが、切りつけられた傷だ。

「やれやれ……」

と、手塚は呟いた。

まどかの配慮で、個室に入れてもらっている。——ま、一応婚約者ということになっているのだ。

これでしばらくはクビがつながるかな。

手塚は、「本命」ではない。

実のところ、草刈まどかは妻子のあるスターと付合っている。マスコミがそれに気付く前に、手塚をカムフラージュに使ったのである。

相手がひそかに離婚の話し合いを進めているので、まどかとしては、今騒がれてこじれるのが怖かったのだ。

それでも、手塚が相手だという話を、眉つばものと思っている向きは少なくない。

今度の事件は、まどかにとって都合のいい出来事だった。——これで、マスコミの目は当分手塚の方へ向くだろう。

「痛い仕事だ……」

と、手塚はこぼした。

「どうしたの？」

突然、まどかの声がして、びっくりした。

「まどかさん！　――何してるんですか？」

「看病してるのよ。病室で、他に何するの？」

と、まどかが覗き込む。「痛む？　看護婦さん、呼ぼうか？」

「あ――いえ、そのときはナースコールがありますから」

薄明りの中、まどかは本気で心配しているようだった。

「まどかさん。お仕事があるでしょう。ここにいなくても……」

「私のこと、恨んでる？」

手塚は面食らって、

「どうしてですか」

「だって――私があんなことしなけりゃ……」

「犯人があなたを傷つけなくて良かったですよ。僕は、これでしばらく休みが取れます」

「あなたって……」

まどかは、身をかがめると、手塚に素早くキスした。「明日、来るわね！」

手塚は、しばし呆気に取られて、

「——今の、タヌキか？」

と呟いたのだった。

6　救いの手

ほんの少し、席を外している間だった。

トイレに立った中原は、ロッカールームでタバコに火をつけた。

何しろ〈社内禁煙〉なので、こうして隠れてこっそり喫《す》わなくてはならない。

正直、中原はタバコなしでいられないほどでもない。ただ、〈禁煙〉と言われると喫いたくなるのが人情というものだ。

あの子——堀田ルミとも会えなくなって、今はすることもない。

もちろん、家へ早く帰るようになって、それはそれで楽だし、妻の和美《かずみ》も喜んでくれている。

しかし、中原の胸には、何かポカッと空洞ができたようだった……。

「うん？」

ロッカーで、中原のケータイが鳴っている。

取り出してみて、胸ときめいた。あのルミからだ！

「――もしもし」

「あ、出てくれた」

「ちょうどロッカールームにいたんだ」

「へえ、何してるの?」

「タバコを一本喫ってた」

ルミが笑って、

「高校生みたい。こっそり喫わなくちゃいけないの?」

「まあね。苦労してるよ。――今日、帰りにでも、どうだい?」

「うーん……。電話したの、私の方だもんね。いいよ」

「じゃあ――あのケーキ屋はよそうな」

と、中原は言った。

ともかく、ショッピングモールの中で会うことにして、中原はケータイを切った。つい口笛など出てしまう。

あのケーキ屋で、片山刑事の質問を受けていたとき、ルミは中原をかばってくれた。それは中原にとっても意外なことだったのである。

「――課長」

席に戻ると、部下の一人が声をかけた。「つい今しがた、お宅からお電話が」

「女房から？」

「席を外していますと言うと、ファックスを送るっておっしゃって……、あ、今プリントアウトしてるのじゃないですか」

「ありがとう」

中原はファックスの方へ歩いて行って、プリントされて出て来るのを待った。

〈中原伸治あて〉

妻の和美の字だ。――何ごとだ？

ファックスを取り上げ、中原は一読して青ざめた。

〈実家へ帰ります。和美〉

実家へ？　――どうしてだ？

突然、中原の中で、あのルミからの電話と妻の行動がつながった。

「話したんだな！」

ルミが、和美にしゃべったのに違いない。

「畜生……。知らん顔で誘って来て」

中原の手の中で、ファックス用紙が音をたてて握りつぶされた。

怒る自分の方が身勝手なのだと分っている。しかし、頭で分っているのと、感情とはまた別なのである。

――どうする？

中原は席に戻って、ルミへ電話してみようかと思った。

しかし、やはり面と向って言ってやりたい。

――そうだ。

この間、かばってくれたお礼だ、とおいしいものをごちそうする。機嫌よくさせておいて、ホテルへ連れて行こう。

そこで……。

中原は、まるで大人の女を相手にしているような気持で、計画を練っていた。

「自殺か？」

片山は、崖を見上げた。

――こんな都内の住宅地に「崖」があるなんて。

しかし、確かに高さ十数メートルの、それは崖に違いなかった。

「もともと山を切り拓いて住宅地にしたそうですよ」

と、石津が言った。

「足を踏み外して落ちたんじゃないのか」

と、片山は言った。「――この女性の身許《みもと》は？」

「OLです。須貝弥生《すがいやよい》、二十八歳。社員証がありました」

「家へは？」

「連絡してるんですが、誰も出なくて。——今、一人行かせてます。この近くなので」

「すると帰り道か」

「たぶん……。片山さんに知らせたのは、死体から五、六メートル離れた溝の中に——」

石津が指さした先に、泥で汚れてはいるが、一目で「同じもの」と分る花嫁人形が落ちていた。

パトカーが来て停った。

「——父親です」

と、若い刑事が連れて来たのは、具合の悪そうな老人で、

「娘は……死んだのか……」

と、震える声で言った。

「お辛いと思いますが、ご本人かどうか……」

と、よろけるように、死体へと近付いて、「弥生……。弥生だ」

「あの子だ」

片山は咳払《せきばら》いして、

「須貝さん。娘さんは、ご結婚の予定がありましたか」

と訊いた。

「——来月、式を挙げることになっていた」

そう言うと、父親は泣き崩れた。

「やっぱり、殺しですね」

と、石津が小声で言った。

「らしいな」

片山の言葉の半分は、ため息だった。

どういうことなんだ？　これでまた、マスコミが騒ぐだろう。

片山のポケットでケータイが鳴った。

「——片山か。またやられたのか？」

栗原からだ。

「課長——どうして知ってるんです？　たった今、死体の確認を取ったところですが」

「ちゃんと知っとる。花嫁人形が落ちてるってこともな」

「はあ？」

「それを届け出た人間が、花嫁人形も見ていたんで、ＴＶ局へ直接知らせたんだ」

やりにくいよ、全く！　——片山は、早くもＴＶ局の車が駆けつけて来たのを見て、

「もう来ました」

と言った。

「よろしく頼む。俺は早退する。ちょっと頭痛がしてな」

片山の方がよっぽど早退したい気分だった。


あ、お母さんだ。

――市川充子は、タクシーから降りた母を見て、足を止めた。

学校帰り、面白くないことがあって、都心に出て来た。

こんな所で、お母さんとバッタリなんて……。

しかし、ふしぎだった。

「市川アンヌ」のスタイルとしては、いつになく地味だ。

それに、いつも、

「すぐ人が寄ってくるから困るわ」

と、文句を言いつつ、目立つ格好で、目立つ場所を歩いている母が、今日は本当に人目をさけているようだ。

何かあるのかな？

男か。――でも、男と会うのにも、コソコソしたりする母ではない。

充子は、俄然《がぜん》興味がわいて来て、母を尾行することにした。

市川アンヌは、裏通りのパッとしない喫茶店に入って行った。

そっと中を覗いてみると、母が、見知らぬ女性と話をしている。充子は店に入ると、母たちの隣の席に座った。

アンヌは話に夢中で、しかも入口に背を向けているので、娘のことには全く気付かなかった。

「――なるほどね」

と、アンヌは肯いて、「キャンセルを母親が勝手に……」

「そうなんです。まあ、息子さんの結婚に反対して、大ゲンカなんて、よくある話ですけど、息子に黙って、母親が式場キャンセルしちゃうって珍しい」

「で、ばれたとき、息子は？」

「まだ知らないんですよ」

「へえ！」

「念を押されてるんです。くれぐれも息子に何も言うな、と」

「どうするの？」

「当日、式場へ行ってみたらキャンセルされてる。息子はびっくりですよね」

「というと……」

「そこで、『あの女がキャンセルしたのよ！』と母親が騒ぎ立てる、息子はショックで呆然自失……」

「見たいわ！　それ、いただくわ！」

と、アンヌは言った。「いつなの？」

「あさってです」

「行くわ」

と、アンヌは手帳にメモして、「場所と時間は？」

聞いていて、充子は呆れた。

どうみても本当の話だ。

こういうことか……。

母、市川アンヌはエッセイやＴＶでのトークが主な仕事だ。

講演にしても、話のネタを仕入れるのが大変だろう、とよく言われている。

「私って、面白いことに出くわすようにできてるの」

とは、アンヌの口ぐせだが、こうやってネタを集めているのか。

しかし――違法なことではないかもしれないが、話のネタにされる方は、たまったものじゃあるまい。

教えているのは誰だろう？

「じゃ、これ」

アンヌが、封筒を渡している。

「――どうも、いつも」

現金が入っているのだろう。その女性はバッグへしまうと、

「今度、またユニークなカップルがいるんです。破談になるかも……」

「いいわねえ。他人の不幸くらい面白いものはない!」

と言って、アンヌは笑った。

充子は気が重かった。

「――では、これで」

と、相手の女性が立ち上った。

「良かったら、飲んで行かない?」

「ありがとうございます。でも、これから待ち合せがあって」

「じゃあ、また今度ね」

充子は、母とその女性が店を出ると、すぐに自分も出て、「情報提供者」の方を尾行し始めた。

その女性は時間を気にしつつ、ケータイで何度か電話を入れながら、地下鉄を乗り継ぐ。

充子は、うまく見失わずに尾行することができて、我ながら、

「探偵になれるかも」

と思ったりした。

あるホテルのロビーへ入ると、一組の男女に声をかけた。「じゃ、担当の方と打ち合せに入りましょうか」

「お待たせして」

と、その女性は愛想良く、
若い男女は、まるで〈婚約中〉という札でもさげて歩いているみたいだった。

ホテルのフロントへ行くと、その女性は、

「披露宴担当の小林《こばやし》さんを」

と声をかけた。「私、玉木《たまき》です。〈ブライダルサロン〉のコンサルタントの玉木令子《れいこ》といいます」

それを聞いて、充子は唖然とした……。

7 卑怯者

「どうして気が変ったんだ？」

と、中原は言った。

「さあ……。何となく」

堀田ルミは、至っておとなしく、黙々とフランス料理を食べていた。

そして、微笑むと、

「迷惑だった？」

「そんなわけないだろ」

中原はワインを飲み干して、「――これくらいにしとくか。あんまり酔うと、後でしくじる」

ルミはナイフとフォークを持つ手を止めて、

「そのつもりで来てないの」

と言った。「この次にしない？」

「だめだめ。——その気があるから、電話して来たんだろ？」

「まあ……いくらかは」

「こっちはすっかりその気だ。もうワクワクしてるんだ。これでおあずけは酷だよ」

——正直、ルミとの付合いで、ホテルへ行って抱くことは少なかった。

中原がこうも熱心に誘うのは珍しい。ルミが戸惑うのも当然だった。

「——分った。いいわ」

と、ルミは言った。「その代り……」

「何だ？　欲しいものがあったら、言ってごらん」

「デザート、二つ取ってもいい？」

と、ルミは言った。

「いいとも！　三つでも四つでも」

と、中原は笑った。

中原自身、意外だった。いつもは、自分がルミに引張《ひっぱ》られているようなところがあったものだが、今日は二枚目を立派に演じてみせている。

俺にもこんなことができるんだ。

そうなんだ。何も、こんな娘にこだわっている必要はない。俺はもてる男なのだ。

「——中原さん、今日は人が違うみたい」

と、ルミに言われて、

「そうかい？　嫌われちゃうかな」

「ううん。すてきよ」

「そうか。ありがとう」

少し調子に乗りすぎかとも思ったが、いきなり腰を浮かすと、ルミの方へ顔を寄せ、素早くキスした。

「見られるよ」

ルミの方がどぎまぎして真赤《まつか》になる。

しかし、決していやそうではなかった。

中原は、そんなルミを、心の中では冷ややかに眺めていた。

可愛いふりなんかして見せてもむだだぞ。――今にびっくりさせてやる。もっともっと、びっくりするぞ。

「さあ、僕もデザートを食べるぞ」

と、中原は言った。


「わあ」

ルミは、ホテルの部屋へ入って、目を丸くした。「凄い部屋だなあ」

「今夜は特別さ」

と、中原は言った。「さあ、時間がもったいない」

抱きしめられて、ルミは、

「待って……。シャワーぐらい浴びさせて」

と、くすぐったそうに笑う。

「分った。待ってるよ、おとなしく」

「すぐすむわ」

ルミは、バスルームへと入って行った。

中原は、口もとに笑みを浮かべると、

「ゆっくり入っといで」

と言った。

――こういうホテルも、今は洒落《しやれ》ていて暗さはない。

中でもこのホテルは若者に人気、ということだった。中原は特別高い部屋を予約しておいたのである。

バスルームからシャワーの音が聞こえてくると、中原はそっとそのドアへ近付いて、細く開けた。

シャワーカーテンの向うに、ルミの体がうっすらと見えていた。

一瞬、中原は、もう一度あのかぼそい体を抱きしめたいという思いにかられたが、今は「もう一つの楽しみ」の方への誘惑が勝っていた。

「——どうかした?」

気配を感じたのか、ルミがカーテン越しに声をかけて来た。

「いいんだ。ちょっとタオルを取りに来た」

と、中原は言った。「ゆっくり入っておいで」

中原は、脱いでたたんであるルミの服を、下着から全部、そっと抱え込むと、バスルームを出た。

服をベッドのシーツでくるむと、学生鞄をつかみ、

「——さよなら、ルミ」

と呟いて、部屋を出る。

ホテルを出ると、中原は急ぎ足でホテル街を抜け、途中の公園へ寄って、その池の中へ服も鞄も全部放り込んだ。

少しはこれでこりるといいんだ。大人を馬鹿にすると、泣くことになる。

タクシーを拾うと、中原は自宅へと向った。

スッキリしていた。

ルミが困って、あわてているさまを想像すると、ついニヤリとしてしまう。

ケータイを出して、メモリーさせた番号を見ていく。一度、ふざけてルミの学校の番号を入れたことがあった。

「――そうだ」

「――これだ」

夜でも誰かいるだろう。

しばらく鳴らしてみると、

「はい、R女子学園」

と、男の声。

「おたくの生徒さんが、今、〈K〉というホテルに中年男と入ってますよ」

「何ですって?」

「〈305〉です。行ってごらんなさい。スキャンダルになる前に」

「もしもし、あなたは――」

「ホテル〈K〉です。いいですね」

中原は通話を切って、ゆったりと寛《くつろ》いだ……。

――自宅の前でタクシーを降りると、気が重くなってくる。

妻の和美は実家へ帰っているのだ。

どう言いわけしよう?

まず実家へ行って、向うの両親に手をついて謝らなければ……。

まあ、中原は詫びることになれている。

プライドなんか、とっくの昔に捨てているのだ。

玄関を入ると——。

「あなた、お帰りなさい」

和美が出て来た。

中原は面食らって立っていた。

「——お前……」

「ごめんなさい、ファックス入れたりして。びっくりしたでしょ」

「実家へ……帰ったんじゃなかったのか」

呆然としていると、

「上ったら？」

「うん……」

「あのね、叔母《おば》が危篤って知らせがあったのよ。あの、実家の近くの」

と、和美が言った。「それでびっくりしてね、実家へ帰る仕度して駅まで行ったら、私のケータイに母からかかって来て。叔母さん、ただおモチを喉《のど》につまらせただけだったの。それで、おモチがとれたら、すっかり元気になっちゃったって……。ねえ、人騒がせなんだから！　――晩ご飯、食べて来たの？」

「うん……。いないと思って」

「いいのよ、もちろん。ケータイへかけようかと思ったけど、それほどのことでもないし。――お風呂に入る？」

「――うん」

「お湯、入れるわね」

一人、居間に残った中原は、思ってもみない成り行きに、呆然自失の有様。

「――ルミ」

何てことをしてしまったのだ！

ルミ……。

中原は、ルミのケータイへかけようと自分のケータイを取り出したが――。

いや、だめだ。

ケータイは、あの鞄もろとも、公園の池の底だ。

しかも、学校の先生がホテル〈K〉へ駆けつける。

そこには裸のルミが……。

中原は頭を抱えた。――和美が、

「すぐお湯、入るわよ」

と顔を出し、「どうしたの？」

「いや、何でもない」

中原は息をついて、「——何でもない」

と、くり返した。


ホテル〈K〉の前で車を降りると、R女子学園の当直教師だった佐々木《ささき》は、中へ入って行った。

「〈305〉だったな」

三十そこそこの独身男性としては、この辺のホテルを使ったこともある。しかし、この〈K〉は高くて入れなかった。

「お客様、何か——」

と、呼び止められる。

「高校の教師です」

と、佐々木は言った。「うちの生徒がいるという通報があったのでね」

「困ります！」

佐々木は構わずエレベーターで三階へ上った。

〈305〉か。——あの電話が事実なら、当然知っている子がいるはずだ。

佐々木はドアをノックした。少し待って、もう一度ノックすると、ドアが開いて、

「──何ですか？」

と出て来たのは若い女性で、しかし、どう見ても高校生ではない。

「あ……。あの……」

と、佐々木はどぎまぎして、「ここにうちの生徒がいると……」

「あ、佐々木先生」

と、出て来たのは、堀田ルミだった。

「堀田！　お前──」

と、目を丸くする。

「こちらの生徒さんの学校の方ですね」

「はあ」

「片山晴美と申します」

そこへ、エレベーターから降りて、

「どうだった？」

と、片山がやって来た。

「お兄さん、こちら、R女子学園の先生ですって」

「やあ、どうも。捜査一課の片山といいます」

「刑事さん？」

「ええ。おたくの堀田ルミ君に、ずいぶん助けてもらいまして」

「はあ……」

わけの分らない佐々木を中へ入れ、

「――実は、凶悪犯を追っている内、犯人がこのホテルへ入りましてね」

と、片山は言った。「女の子を呼んだんです。女子高校生で制服の子、という注文で。婦人警官で小柄な者を選んで、来させましたが、制服がない。そこで、妹が表通りで、この堀田君へ声をかけて協力を求めたんです」

「はあ……」

「この部屋を借りて、制服を脱いでもらい、代りに近くで用意したこのセーターとスカートに替えてもらいました」

と、晴美が言った。「制服を着た婦人警官が、犯人のいる部屋へ入り、相手の油断するのを見すまして、外で待っていた刑事が一斉に踏み込んだんです」

「おかげさまで、無事、犯人は逮捕しました」

と、片山が言った。「しかし、先生はどうしてここへ？」

佐々木が事情を話すと、

「――そうですか。きっとここの客の誰かがたまたまR女子の制服を知っていて、ルミ君を見かけたんでしょうね」

「いや、それでホッとしました」

と、佐々木は肯いて、「この子はとても頭もいい、みんなに頼りにされている子で」

「助かりました。――ただ、申しわけないことに、犯人逮捕のとき、一暴れしたとばっちりで、ルミ君の制服が破れてしまったんです。こちらで、ちゃんと弁償しますが……」

「鞄も、放り投げられたりして」

と、晴美が言った。「――どうか、よろしくご配慮をお願いします」

「もちろんです！　堀田、よくやったぞ」

「はい」

「じゃ、ちゃんとルミ君は我々が自宅まで送りますから」

と、片山は言った。

「どうかよろしく。――堀田、制服ができるまで、私服で通って来ていいぞ」

「ずっと制服ができないことにしようかな」

「それはだめだ！」

と、佐々木は笑って、「――おっと！」

「ニャー」

三毛猫が、足下にうずくまっていたのだ。

「では、よろしく」

と、佐々木が帰っていくと、ドアを閉め、

「――大丈夫？」

と、晴美が言った。

「ありがとう……」

ルミがベッドに腰をおろす。

「――ひどいことするわね」

晴美が並んで座ると、ルミの肩に手をかけた。「でも、すぐ電話してくれて良かったわ」

「ホームズがせかしたのも、ここまで考えてのことか」

「ニャー……」

「分んないわ。――私がどうしてそんなに恨まれてるんだろ」

と、ルミは力なく言った。

「君は……前にも中原と？」

「うん。――時々」

と、ルミは言った。「もう会わないつもりだったけど……」

「今日はどうして?」

ルミはしばらく黙っていたが、

「私……妊娠したの」

と言った。

晴美は黙ってルミの肩を強く抱いた。

「気を付けてたけど――。もちろん、産むわけにいかないけど、中原さんの子だから、
一言、言っておきたかったの」

「そうだったの……」

「ちゃんと話をして――でも、お金ももらう気じゃなかった。それなのに……」

ルミがすすり泣くと、その膝の上にホームズがフワリとのって、

「ニャー」

と鳴いた。

「――あ、ごめん」

涙が落ちて、ホームズの顔に当った。

ホームズがクシュンとクシャミをして、ルミがそれを見て笑った。

「――さあ、出ようか」

と、片山が言った。

8 後悔

「仕事中なんです」

と、中原は言った。「手短かにお願いします」

片山は、中原の無表情な顔を見ながら、

「こちらも、あなたと余計な話はしたくありません」

と言った。「一つだけ答えて下さい」

「何でしょう」

「堀田ルミ君の制服や鞄をどこへやりましたか？　たぶんどこかへ捨てたんでしょうが」

中原は、無表情なままで、

「公園の池です」

と答えた。

「どこの公園ですか？」

「ホテル〈K〉の近く――駅へ抜ける途中の公園です」

「池のどの辺に捨てました？」

「小さい池だから……。確か、注意書の札のそばから投げ込んだと思います」

と、中原は言って、「――それだけですか」

「一応ね」

「じゃ、仕事に戻らせていただきます」

――片山は、堀田ルミを窮地から救った翌日、中原を会社へ訪ねて来たのだ。

一階のロビーで話をしていたが、人の出入りも少なくない。長居したくないという気持が見えている。

――中原は、片山の返事を待たずに行きかけた。

「中原さん」

と、片山は言った。「堀田ルミ君に何か伝えたいことはありますか」

中原は足を止めて、

「――何もありません」

と、片山に背を向けたまま言った。「もし、制服や鞄のお金を弁償しろと言うのなら、払います。請求書を送って下さい。会社宛にね」

片山は立ち上って、

「ルミ君は、そんなお金を払えとは言わないでしょう。──手術の費用も自分で出すと言ってるくらいですから」

中原がゆっくり振り向いて、

「──手術？」

「あなたの子を身ごもっているそうです。もちろん中絶しなきゃならないから、親に話すけど、あなたの名は決して出さない、と言っていました。合コンで知り合った、どこの学校か分らない男の子と寝て、できてしまったと話すそうです」

中原の顔から血の気がひいた。

「ルミが……」

「鞄がどこにあるかだけ、教えてほしいと。それが分れば、もう二度と連絡しないから心配しないで、と伝えてくれと言われました」

片山は、それだけ言うと、「では、これで」

と、中原を残して、ビルを出て行った。

──中原は、しばらく突っ立ったままだった。

「中原課長」

馬場香に声をかけられて、中原はやっと我に返り、

「──ああ、何だ？」

「会議のお時間ですよ。席におられないんで捜しに来ました」

と、香は言って、「大丈夫ですか？　真青な顔で……」

「うん……。何だか、時間が止ってたみたいだ」

中原は肯いて、「戻ろう」

と、エレベーターの方へ歩き出した。

「——今の人、刑事さんですよね」

と、エレベーターの中で香は言った。

「うん……」

「浅井さんを殺した犯人、まだ見付からないのかしら。——くやしいわ。啓子さんを殺した犯人が、平気で大手を振って歩いてるなんてね」

「全くだ」

ルミ。——ルミ。

俺は一体何をやったんだ？

俺の子を身ごもっていた……。

それを考えると、急に電話して来たのも、そして、いつになくおとなしそうにしていたことも、よく分る。

それを……。

俺は何てひどいことをしてしまったんだ。

「――課長さん」

と、香が言った。「大丈夫ですか?」

「うん? ――ああ。どうしてだ?」

「だって……泣いてますよ」

香にそう言われて、初めて気が付いた。

いつしか涙が頰《ほお》を伝い落ちていたのである。


「女が予約のキャンセルをしたのよ!」

と、母親は高い声で喚《わめ》いた。「これで分ったでしょう? あの女は、あんたを愛してなんかいないの、あんたをからかって見せただけなのよ!」

タキシード姿の息子は、呆然としていたが、やがて、

「ママ!」

と、泣き出して、母親の胸にすがりついた。

そのときの母親の充ち足りた表情!

そっと小型のビデオカメラを回していた市川アンヌは思わず、

「これぞ母の勝利の瞬間!」

と、呟かずにはいられなかった。

玉木令子が、その親子の所へ駆け寄ると、

「植田《うえだ》さん、申しわけありません！」

と、頭を下げた。「私がいながら、こんなことに……。私の力が足りませんでした」

と、カーペットの上に正座して頭を下げる。

そこまでやるの？

アンヌも舌を巻いた。――玉木令子がコンサルタントとして、何もかも承知していたとは、誰も思うまい。

「まあ、やめて下さい。立って下さいな。ね、そんなことしちゃいけません」

と、母親が令子を立たせると、「あなたのせいなんかじゃありませんわ。あなたはとてもよくやって下さった……」

「とんでもない！」

「ご迷惑をかけましたね。――このご恩は決して忘れません。息子に、本当にふさわしい嫁が現われたときには、きっとあなたにご相談させていただきますよ」

「植田さん……」

令子もハンカチで涙など拭《ぬぐ》っている。

「よくやるわよ」

と、アンヌは苦笑した。

「ママ……。僕、もう結婚なんかしないよ！」

と、息子が涙ながらに訴える。

「そんなことを言わないの。世の中、こんな女の人ばかりじゃありませんよ。さ、帰りましょう……」

「後は私が。——おいでになったお客様にお詫びして、お引き取りいただきます」

「よろしくお願いしますよ。じゃ、行きましょう……」

母親が息子の肩をやさしく叩《たた》きながら去っていく。

玉木令子は、親子が車で立ち去るのを見送ってから、ロビーへ戻って来た。

「——おみごと」

と、アンヌは言った。

「私じゃありません。あの母親ですわ」

と、令子は言った。「ビデオにおさめました？」

「しっかりね」

アンヌは肯いて、「でも、花嫁さんの方は？」

「これからです。あの母親と息子は凄く早く来たんです。花嫁さん側もびっくり仰天でしょ」

「あなたはずっとここにいるの？」

「本当はそのつもりだったんですけど——」

と、令子は腕時計を見て、「これから一つ、お葬式に出なきゃいけないんです」

「あら。——でも、その服装なら」

どうせ黒の礼装である。

「ええ。実は例の〈花嫁人形殺人事件〉のこの間の被害者、私のお客なんです」

「あら、そのお葬式？」

「そうなんです。気が重いですわ」

アンヌは即座に、

「私も一緒に連れてって！」

と言った。「いいでしょ？」

「アンヌさん……。でも——お香典ぐらいは用意しないと」

「途中、どこかに寄って買ってくわ」

アンヌも黒のスーツだ。「この格好で大丈夫だし。ね、いいでしょ？」

「分りました」

令子は苦笑して、「アンヌさんにはかなわないわ」

「お互いさまよ」

アンヌは令子をつついて言った。

冷たい雨が、これほど似つかわしい光景もなかったろう。

重苦しい告別式。——ほとんど口をきく人もない。

タクシーを降りると、市川アンヌと玉木令子は一つの傘に入って、受付のテントまで急いだ。

弔問客《ちょうもんきゃく》も多くない。受付の男性は白く息を吐きながら両手をこすり合せていた。

アンヌと玉木令子は記帳すると、足早に小さな集会所の中へと入って行った。

「——何て人だったの?」

と、アンヌが小声で訊く。

「花嫁さんは須貝弥生さん。——父親と二人暮しだったんですよ」

小さな町の集会所。——祭壇も、とても立派とは言いかねるものだった。

「これでも、TV局が取材させるって条件でお金を出したんですって」

と、令子が言った。「でなきゃ、お葬式も出せなかったって……」

いくつか並べられた椅子に座っているのはほんの数人。

「須貝……」

と、アンヌは呟いた。

正面の黒いリボンをかけた写真を見ると、穏やかな、やさしい笑顔の女性である。

「お焼香を……」

と、令子に言われて、アンヌは、

「あ、そうだったわね」

と、我に返った。

「あら、猫……」

三毛猫が椅子の一つに座って、しっかり列席者の一人という感じだ。

「あの猫……」

と、アンヌが呟くと——。

「まあ、市川アンヌさん」

と呼びかけられて振り向く。

「あなた、あの刑事さんの——」

「片山晴美です。兄もそこに」

「そうだったわね。この事件の担当？」

「ええ。気にしてるんです、とても」

と、晴美は言って、「アンヌさん、どうしてここへ？」

「いえ、ちょっと……」

と、アンヌは曖昧に言った。

その間に、玉木令子は焼香して、ただ一人、ポツリと座っている父親の方へ行き、声をかけている。

父親は、相手が誰なのか、まるで分っていない様子で、ただ何度も肯いて見せているだけだ。

——アンヌは、焼香すると、ゆっくりとその父親の方へ向いた。

そして、すぐ前まで歩み寄ると、

「須貝さん」

と、声をかけた。

「ああどうも……。わざわざ恐れ入ります」

須貝浩吉《こうきち》は、テープを再生しているかのように、そうくり返した。

「須貝さん。——私を見て」

アンヌがそう言うと、須貝はゆっくりと目を上げた。

「——お分り？」

「はあ……。どなたです？」

と、すっかり髪の白くなったその父親は首をかしげる。

「私です。——市川アンヌです」

その名前が、須貝のポカッと空いた心の中の空洞に、遠い昔の響きを呼びさましたようだった。

「――アンヌ」

「そう。憶えてらっしゃるでしょ」

長い空白。――そして、突然須貝の顔に血の気がよみがえり、目を見開いたと思うと、

「アンヌ。――お前か！」

と、立ち上った。

そして、やおらアンヌの肩をつかむと、

「お前のせいだ！　お前のおかげで、何もかもが狂っちまったんだ！」

と、叫ぶように言った。

「須貝さん――」

「お前の本に書かれて、女房は寝込む、社長を辞めなきゃいけなくなる。――俺はすべてを失ったんだ！」

「落ちついて下さい。私が何をしたって言うんです？」

と、アンヌは言い返した。「私は本当のことを書いただけです！」

「お前は俺を踏み台にして、有名になったんだ。――女房は死んだ。弥生と二人、どんなに苦労したと思うんだ！」

須貝は怒鳴っている内、フラッとよろけたと思うと、その場にうずくまるように倒れてしまった。

「須貝さん!」

と、玉木令子が駆け寄る。

片山が、

「救急車を呼びましょうか」

と言った。

「その方がいいわ」

晴美がそばへ行って、「意識がないみたい」

「——充子君」

と、片山が言った。

アンヌが驚いて振り返った。

充子が、集会所の入口に立っていたのである。

「充子。どうしてこんな所に?」

充子は進み出ると、

「お母さん。——その人が?」

と言った。「そうなのね」

アンヌは息をついて、言った。

「――ええ、そうよ、この須貝が、あんたの父親よ」

9　疑惑の行方

「困ったもんだ」

と、栗原がため息をつく。

「はあ」

片山もため息をついた。

石津も、つかなきゃ悪いか、と思ったかのようにため息をついた。

「ニャー……」

ホームズの場合、これが「ため息」かどうか、定かではない。

「——二人が殺され、一人負傷」

と、栗原は言った。「しかし、共通点らしいものがない」

「でも、妙ですよね」

晴美がお茶を出しながら、「結婚しようとしてる人なら、誰でもいいんでしょうか？」

「それにしちゃ、草刈まどかっていうのが、浮いてるな」

と、片山が言った。

――片山のアパートに、課長の栗原までがやって来て、〈捜査会議〉の最中である。

「そうね。浅井啓子さんも、須貝弥生さんも、ごく普通のＯＬ。そして、当人が一人でいるときに殺されてる。でも、草刈まどかの場合は、先に人形が置いてあって、そこで婚約者が切りつけられてるわ」

「それはたまたまだとしても――」

「でも、草刈まどかを殺そうとしたのなら、もう少し状況を選ぶっていう気がしない？」

「確かにそうだ。あの場合、いつも誰かが一緒にいただろうからな」

「すると、犯人が別というわけか？」

と、栗原は言った。

「もう少し詳しく当ってみた方が良さそうですね。あの人形は同じものに違いないんですから」

と、片山は言った。

「でも、残酷な事件よね」

と、晴美は言った。「二人とも、結婚を控えて、胸ときめかせてたでしょうに」

「許せんのかもしれんな。そういう幸せそうな女が」

と、栗原は言った。「世の中には、自分だけが不幸だと思い込んでる人間がいる。他の人間はみんな幸せに見えて、自分一人が世界中の不幸をしょい込んでいるかのようなつもりでいる」

「他人の幸福を祝福できない人は気の毒だわ。——ね、ホームズ」

「ニャー……」

「ホームズはいいよ。貯金も年金もない」

片山の言葉に、ホームズは、やや心外という様子で、前肢の爪を出してチョイと片山の手を引っかいた。

「いてて、何だよ」

「猫には猫の苦労があるのよ、って。ねえ、ホームズ」

「ニャー」

そうだ、という感じで、ホームズはひと声鳴いた。

「草刈まどかに話を聞いてみよう」

と、片山は言った。「何しろ、ちっともつかまらない人らしいですから」

「忙しいのよ、人気スターは」

「よし、事件のときの状況を、よく聞いて来い。それと——」

「課長、他に何か？」

「うん」

と、栗原は言った。「ついでに、サインをもらって来てくれ」


「連絡ですか」

と、草刈まどかのマネージャー、谷本は言った。「連絡はとれません」

「しかし、あなた、マネージャーでしょ」

片山は、草刈まどかの所属事務所へ電話したのである。

すると、直接谷本が出たのだった。

「連絡はとれませんが、どこにいるかは分ります」

「は？」

「けがした手塚のそばについてるんです。そのおかげで、仕事は片っ端からキャンセル。

こっちはヒマで困ります」

谷本が苦り切った表情でいるのが、目に見えるようだった。

「じゃ、病院に？」

「そうです」

片山は、病院の名前と病室を聞いて、

「ありがとう」

と切ろうとした。

「刑事さん！」

と、谷本が言った。「まどかに会ったら、言って下さい。あと何週間か、仕事をキャンセルしたら、干されるぞって」

多分に投げやりな口調だった。

——片山は、その病院に着くと、〈特別病棟〉を捜した。

いわゆるＶＩＰとか政治家が入る、というわけで、そう簡単には入れてくれない。

片山が直接草刈まどかと電話で話して、やっと入れてもらえた。

ついでながら、晴美とホームズも同行している。

「——片山さん？」

病室の前で、どこかで見たような女性が立っていた。

「そうです。草刈まどかさんは中ですか？」

晴美が片山をつついて、

「ご本人よ！」

と言った。

「は……。失礼しました！」

「いいんですよ」

と、草刈まどかは笑って、「こんな、お手伝いさんみたいな格好してるから。でも、とっても楽しいんです」

「役柄を広げられますね」

と、晴美が言った。

「――それで、お訊きになりたいことって？」

病室の中に、ちゃんと応接用のスペースがある。

「うつ伏せで失礼します」

と、手塚がベッドから言った。

「――つまり、他の二つの事件と、違う点が目立つんです」

片山が大まかなところを説明して、「むしろ共通してるのは、あの花嫁人形だけと言ってもいいんですが、あの人形がなぜあの控室にあったのか、心当りはありませんか」

「さあ、それはさっぱり……」

と、まどかは首をかしげて、「控室はずっと借りてたんですから、他の人が入るわけもないし」

「でも、鍵がかかってたわけじゃないんでしょう？」

と、晴美が言った。「誰かが入ろうと思えば入れたわけですよね」

「ええ、それはたぶん……」

と、まどかは肩をすくめて、「私ってそういうこと、さっぱり分らないんです。いつもみんな、周りがやってくれるもので」

そういうものかもしれない、と片山は思った。

するとベッドから、

「掃除の人が」

と、手塚が言った。

「――え？」

「僕らが記者会見している間に、あの控室にお掃除の人が入ったと思います」

「どうして知ってるの？」

と、まどかが面食らって、「あなたもいなかったんじゃないの」

「ええ。でもね、戻って来てソファにかけたとき、床のカーペットに落ちてた糸くずが失《な》くなってたんです。それで、あ、掃除してったんだと思ったんですよ」

「よく見てるわね！」

片山はメモを取って、

「それは当ってみる値打がありますね。掃除に入った人が、人形を見たかどうか。出入りする者を見ていないか」

「頭いいでしょ、この人？」

と、まどかが自分のことのように得意がっている。

――廊下へ出ると、まどかが言った。

「これは内密なんですけど、もともと婚約なんて、でたらめだったんです」

「でたらめ？」

「私、妻子のある役者さんとお付合いしていて、先方が離婚してくれるのを待ってたんです。で、その間、マスコミの目をそらせるために手塚さんと婚約したと発表を」

「じゃ、手塚さんも――」

「もちろん承知です。でも、私、今は手塚さんの方がずっと人間らしくて、すてきだと思い始めてるんです」

「とてもよく分りますわ」

と、晴美が言った。

――看護婦が一人、片山たちの傍《かたわら》を抜けて、手塚の病室へ入ろうとした。

ホームズが鋭く鳴くと、その看護婦の靴へと飛びついた。

「偽者だ！」

片山は、まどかを押しやると、その看護婦へと飛びかかって行った。

「畜生！」

男だ！　――中年の男が、看護婦の制服で廊下を逃げ出した。

「よく入れたわね、石津さん」

と、晴美が言った。

「え……。まあ、そう言われると……」

石津が頭をかく。

「黙って入って来たのか？　この病棟は勝手にゃ入れないんだぞ」

と、片山が言うと、

「いえ、決して勝手にいったわけじゃ――」

「じゃ、どうやって入ったんだ？」

「廊下を曲るとき、右と左を間違えたんです。片山さんたちがいるはずだと思ったんで、そう言ったら、『じゃ、保安係のところへ行って下さい』って言われて」

「それで？」

「言われた通りに行くつもりでしたが、今言った通り、右と左を間違って曲ったらしくて、〈締切〉のドアに突き当っちゃって。どうしようかと……」

石津は少し言いにくそうにして、「で、ためしに〈締切〉のドアをちょっと力を入れて揺ってみたら、これがスッと開きまして。入ったら、こっちの廊下だったんです。そこへ看護婦が走って来て、片山さんが『そいつを捕まえろ』とおっしゃったんで、ちょいと足払いをかけて」

「お前……ドアを壊したのか」

と、片山が啞然として、「課長がまた嘆くぞ。弁償しなきゃいけない」

「でも、そのせいで、犯人を捕まえられたんだし」

「うん……。しかし、手塚に切りつけた犯人かどうか、調べてみないとな」

むろん、看護婦の格好で、手塚の病室へ入ろうとしたのだ。危害を加える意図があったことは確かだろう。

しかし、今のところ、まだ訊問できない。石津に一発殴られて気絶したままだからである……。

「マネージャーの谷本です」

廊下を急いでやって来た男が息をついて、「片山さんですね」

「そうです」

「いや、ありがとうございました。知らせを受けて飛んで来ました」

「まどかさんは、その男に見憶えないとおっしゃってるんですがね。顔を見ていただけますか」

「はあ……」

谷本は少し不安げに、「かみつきませんか？」

「気絶してますから」

「じゃ、拝見します」

と、谷本は片山について来た。

男は、空いた病室のベッドに寝かされていて、近くから駆けつけた警官が見張っている。

「まだ目をさましません」

「よっぽど石津の一発が効いたんだな」

と、片山は首を振って、「谷本さん。この男です」

看護婦の格好をしたその男を一目見て、谷本は、

「何だ。——まどかさん、知らないと言ったんですか？」

「ええ、ご存知ですか」

「もちろん。——以前、まどかさんの夫だった江田《えだ》さんです」

「夫だった？」

「これ、秘密なんです。ずっと独身ってことで通してますんで。いや、彼女はまだ二十歳そこそこのころ、半年ばかり結婚してたことがあるんです。これがその相手です」

「じゃ、もう大分前で……」

「でも、最近もちょくちょくこづかいをせびりに、まどかさんの所へ顔を出してましたからね。でなきゃ、私も知る機会がありません」

なるほど、それはそうだ。

——谷本を、片山は手塚の病室へ連れて行った。

「あら、来たの」

まどかは手塚にご飯を食べさせているところだった。

「まどかさん。看病もいいけど、仕事をして下さいよ。みんな困ってます」

谷本が苦り切った顔で言うと、

「あら、命がけで私を守ってくれたフィアンセの看病をして、何かまずいことある？」

「いや、イメージは悪くないです。でも、ドラマの仕事は、他へ影響が出るんですよ」

「私、ちっとも構わないわ」

「まどかさん、もう充分にやっていただきました。どうか仕事に戻って下さい」

と、手塚が言った。「まどかさんが稼いでくれないと、僕の給料も出ません」

「それもそうね」

まどかは意外とアッサリ肯いて、「じゃ、明日から出るわ」

「助かりますよ！」

と、谷本は胸をなで下ろしている。「そうだ、ここへ入ろうとして、のされた男って、江田さんじゃありませんか」

「あら、そうだった？」

まどかは目をパチクリさせて、「ここんとこ見てないから、忘れちゃったわ」

結構本当のことなんだろう、と片山は思った。

何しろ、スターというのは変ってる……。

「——片山さん」

看護婦が呼びに来た。

「はあ」

「お電話です。栗原様から」

課長が？　何だろう？

片山は、何だかいやな予感がした。

10　幸福の予感

「あれって……」

と、晴美が言った。

「うん。――課長だ」

片山も、それが人違いや幻であってくれたら、と思わないでもなかった。

アクセサリーの店のショーウインドウを覗いている二人連れ。

男の方は栗原警視に相違なく、一緒にいるのはどう見ても二十四、五の可愛い女性で、栗原の腕にしがみつくようにして、キャッキャと声を上げて笑っている。

「あの女の人……」

「娘がいるって話は聞いたことないしな」

「どう見ても、娘じゃないわ」

「じゃ、何だ？」

片山と晴美は顔を見合せた。

「——まさか!」

二人同時にそう言っていた。

栗原に若い恋人?

「じゃ、もしかして奥さんと別れる、なんて話かしら」

「よしてくれ。そんな話、何で俺たちが聞かなきゃいけないんだ？」

「私に言ったって仕方ないでしょ」

草刈まどかたちの所にいたとき、栗原からの電話で、「今夜会いたい」と言って来たのだ。

片山、晴美、ホームズの三人は、約束の時間より大分早くやって来た。場所は「どこでもいい」と栗原が言うので、あのケーキ屋さんにして、時間があるので少し近くをぶらついていた。

そこで――栗原と若い女を見てしまったのである。

「先にお店に入ってましょ」

と、晴美が言った。「向うが気付かない内に」

「そうだな」

片山たちは、若い女の子たちでにぎわっているケーキ屋さんに入った。

「まあ、いらっしゃいませ」

長田幸子が、片山たちを見て、嬉しそうに言った。「お二人？」

「ニャー」

「あら、ごめんなさい」

と笑って、「奥のテーブル、どうぞ。〈予約席〉の札があるけど、大丈夫です」

「じゃあ……。あと一人――か二人、来ますから」

と、晴美は言って、奥の四人がけのテーブルに座った。

とりあえず、飲物を頼んで、栗原を待つことにする。

長田幸子は、ＯＬや女子学生たちで一杯のテーブルの間を忙しく駆け回っている。

「気持いいわね。ああして働いている人の姿を見てると」

と、晴美が言った。「楽しそうに働いてるせいかしら」

「刑事は楽しそうに働くってわけにいかないんだ」

と、片山が言った。「なあ、ホームズ」

「ニャー……」

ホームズが同情の声を上げた（？）。

「栗原さんも、上手な絵を描くぐらいでやめておいてほしいわね。あれなら周囲に迷惑は……少ししかかからないし」

一応、部下たる者、栗原の個展ともなると必ず足を運ばなくてはならない。

「忙しいのに」

と、ブツブツ言う者もいるが、片山としては、栗原のような立場の人間が大きなストレスを受けていることはよく分るので、あれくらいの息抜きは必要だろうと思っている。

むろん当人は「息抜き」のつもりではなく、「これこそ天職」と思って絵筆を握っているのだろうが……。

「暮れに、また個展があると言ってたな」

「彼女の肖像画がズラッと並んでたら、どうする？」

「おどかすなよ。一枚で彼女の方から『もう結構』って言うさ」

「あ、そうか」

当人には聞かせられない会話である。

「――みえたわ」

と、晴美が言った。

栗原が、あの若い女性と腕を組んで入って来て、片山たちを見つけて手を振った。

「――やあ、すまん！　呼び出したりして」

「いえ……」

四人がけのテーブルは一杯になって、ホームズは晴美の膝の上。かなり重いので、晴美の足がしびれてくる。

「このお店、知ってる！」

と、「彼女」が声を上げた。「ケーキがおいしいのよね！」

「まあ、ありがとうございます」

と、長田幸子が微笑んで、「ぜひ召し上って下さいな」

「私、ケーキ食べよう。おじさまも食べたら？」

「うん、そうだな。たまにはいいか」

「では、今サンプルをお持ちします」

と、幸子が一旦離れる。

「——課長、ご用件は」

と、片山が言うと、晴美が、

「その前に、そちらのすてきなお嬢さんをご紹介して下さいな」

「うん、これは矢《や》川《がわ》清《きよ》美《み》といって、俺の絵のモデルだ」

と、栗原は嬉《うれ》しそうに言った。「今度の個展のテーマは、とことんこの子を描き尽くすことだ」

「とことん……ですか」

「覚悟しとけよ。会場へ入ると、ドーンと真正面に、この子のヌードが飾ってある」

「おじさまったら」

と笑って、「あれが私だって分る人いるかしら」

「口が悪いな」

と、栗原は苦笑して、「付け加えると、これは妹の娘——つまり姪《めい》っ子だ」

「はあ……」

期せずして、片山と晴美は同時にホッと息をついた。

「じゃ、本物の〈伯父さま〉なんですね」

と、晴美が念を押すと、

「いやだ。私とおじさまが……。凄い！　そんな風に見られるなんて、おじさまも隅に置けないな」

と、矢川清美が笑って言った。

「正直安心しました」

と、片山は言った。「で、お話というのは？」

そこへ幸子が、

「お話は皆さん、ケーキをお選びになってから」

と、ケーキのサンプルがズラッと並んだ盆をテーブルに置く。

「私、三つ食べちゃおう！　もう太ってもいい」

と、矢川清美が張り切って座り直した。

「――ご結婚?」

晴美がケーキを食べながら、「まあ、おめでとうございます」

「二十三だから、まだ早いかと思ったんだが、何しろ当人が『したい!』と言ってな」

「相手の方が年下とか……」

「そうなの! 何と二十一!」

「え?」

「大学生なんだ、相手は」

と、栗原が首を振って、「今は男が一家を養うということもないんだな」

「私が働いてるし、彼もあと一年で卒業ですもの。辛抱して待ってなくても、一緒に暮しちゃおうと思って」

と、清美は平気なもの。

「それでな、この子は以前からホームズの大ファンで」

「お目にかかれて光栄です!」

清美は、晴美の膝のホームズの方へ身をのり出して、前肢を取り、握手した。

「それで、どうしても、結婚式の仲人《なこうど》をホームズに頼みたいと」

「仲人！」

晴美は、ホームズが黒留袖か何か着て、新郎新婦の傍に座っているところを想像した……。

「猫の仲人って、いませんよね」

と、清美が言った。「やっぱり無理でしょうね」

本気らしい。

「それに、独身ですしね」

と、晴美が言うと、

「で、考えたんです！　ホームズさんがだめなら、飼主で我慢しようって」

「飼主って……私と兄？」

晴美が啞然として、「とんでもない！　仲人はご夫婦がつとめるんですよ」

「お客さんのほとんどは、お二人のこと知りませんもの。姓も同じだし、夫婦ですってことにしていただいて」

「無茶言わないで下さい」

と、片山も焦《あせ》って、「課長！　どなたか適当な方が――」

「俺もそう言ったんだが、聞かないんだ。ま、仲人といっても、前に結納《ゆいのう》や何かあるわけでもなし、当日、飾りみたいに座っててくれりゃいい」

「でも……」

「お願いします！」

と、清美は頭を下げた。「この通り！」

「あ、髪の毛にクリーム……」

テーブルぎりぎりまで頭を下げたので、まだ一つ残っていたケーキのクリームが髪の毛についてしまったのだ。

「あ、いけない！　髪に栄養やっちゃった。ちょっと洗って来ます」

清美が、あわてて店の中のトイレに立つ。

「――元気な方ですね」

と、晴美が言った。「でも――本当に仲人を？」

「どうしても、と頼まれてな」

片山も、こういう点にかけては勘がいい。

「課長。モデルになる代りに、って約束させられたんでしょう」

「片山、お前のその直感を犯人捜しの方へ役立てろ」

「話をそらさないで下さい」

「ま、当らずといえども遠からず」

「冗談じゃないですよ！」

「十二月の初めだ。何とか頼む」

「お兄さん、いい手があるわ」

と、晴美が言った。

「何だ？」

「私が石津さんと結婚すれば夫婦だから、二人で仲人がやれる」

片山が言葉に詰った。――やや間があって、

「そういうことなら……。異例ではありますが、僕と晴美で一日仲人をつとめさせていただきます！」

「そうか、ありがとう！」

栗原が片山の手を握った。

清美が戻って来る。

「――クリームついたら、髪がつやつやして来たわ。今度、〈生クリーム洗髪法〉でも考案しようかな」

「清美、この二人が快く引き受けてくれたぞ」

「本当？　やった！　ありがとう」

「頭下げないで！　またクリームがつくわ」

と、晴美があわてて言った。「じゃ、ともかく一度前もって彼氏にも会っておいた方

がいいわね」

「じゃ、またこのお店で」

「ケーキ食べながら？」

「ケーキ大好きなんです、彼。ホテルのケーキバイキングで、二十三個って記録があるくらい」

片山は、聞いただけで胸やけして来た。

「――しかしな」

と、栗原は一つだけケーキを食べながら、「犯人がこの子を狙ってくるかもしれんと思うんだ」

「――犯人って、あの〈花嫁人形〉のですか？」

「うん。捜査一課長の姪だ。犯人にとって、格好の標的だろう？」

「そんなことおっしゃると、清美さんが怖がられますわ」

「いいえ」

清美は首を振って、「私、おじさまに言ったの。役に立つのなら、危い目に遭ってもいいって」

「だって――」

「インターネットのホームページに情報を流すの。捜査一課長の姪が、担当刑事の仲人で挙式って。話題になると思うわ」

「狙い通り話題になって、万一本当に狙われたらどうするの？」

「必ず守ってやると約束した」

と、栗原が言った。

「私、おじさまを信じてますもの」

と、清美は微笑んで、「もし殺されても文句言わない。――殺されたら言えないか」

とても気楽な仲人ではすみそうにない。

片山と晴美は改めて顔を見合せたのだった……。

11　面会の客

「あ、もしもし。――私、充子」

ケータイでしゃべりながら、市川充子はハンバーガーを頬ばっていた。「――うん。今ね、ちょっと出先なの」

「充子、病気じゃないの？」

と、学校の友だちが言った。「サボりか。やっぱりね」

「やっぱりって？」

「学校の方にもね、ワイドショーのリポーターが来てる。充子が登校してくるのを、しつこく待ってる」

「そう。ヒマなんだね、よっぽど。でも、私はそんなの平気よ。そんなことでめげてたら『市川アンヌの娘』なんかやってらんない」

「さすが」

と、友だちは笑って、「先生たちはカリカリして、校門から一歩でも中へ入ったら一一〇番します、って宣言してる」

「面白そうだな。見物に行こうかしら」

「充子のこと、取材に来てるんだよ」

「分ってる。冗談よ」

と、充子は笑って言った。

「あ、もう少しでお昼休み終りだ。充子、また夜かけるよ」

「うん、いいよ。こっちからかける。二、三日休んだら出るから」

「明日、もし取材が来てなかったら知らせようか？」

「うん、お願い。他のみんなにも、私は元気って言っといて」

「分った。それじゃ」

「バイバイ」

充子はケータイを切って、ガラス越しに味気ない白い建物を眺めた。

腕時計を見る。——もう午後一時になる。

そろそろ行ってみようか。

病院の周囲に、取材の記者やカメラマンらしい姿は見えなかった。

あの病院に、充子の父親、須貝浩吉が入院しているのだ。

殺された弥生の葬式で、須貝は母アンヌに食ってかかり、興奮したのがいけなかったのか、その場で倒れた。アンヌが、自分もかかりつけのこの総合病院をすぐに手配して、須貝を入院させたのである。

しかし、〈花嫁人形殺人事件〉の犠牲者の葬儀というので、何人かTV局や新聞社のカメラマンなどが来ていて、須貝とアンヌのやりとりを聞いた。当然、マスコミは市川アンヌのためにすべてを失った男の悲劇を書き立て、アンヌは久々にマスコミに——正確にはワイドショー関係者に追われる身になったのだ。

充子も母アンヌと須貝の子として、狙われることになった。それでこの三日間、学校を休んでいるのである。

——充子はハンバーガーショップを出て、病院へと道路を渡った。

一応セーラー服を着て、学生鞄も持っている。お手伝いさんの手前、学校へちゃんと通っていることにしてあるのだ。

学校へは、声をわざと低くして、母親のふりをし、「娘は寝込んでおりまして」と電話してある。

病院の中へ入ると、充子は何となく落ちつかない。——須貝の病室は、母のメモを盗み見て分っている。

「病院って、何だか落ちつかない」

と、充子は、母が過労で入院したとき、見舞いに行って、そう言ったことがある。

アンヌはベッドで原稿を書きながら――「週刊誌のコラムは絶対に休めない」と言っていた――笑って、

「誰だって、病院なんて好きじゃないわよ」

と言った。

そうじゃないのだ。

落ちつかないのは、何も病院がいやな所だから、早く帰りたいわけではない。逆に、ここがあんまり自分にぴったりの場所に思えてならないからだ。

「――ここか」

と、足を止めた。

病室の入口に患者の名前が出ている。

〈菅井幸吉〉とある。〈須貝浩吉〉の字を変えてあるのだ。

〈面会謝絶〉の札がドアにかかっていた。

充子は、いつも母、アンヌがピンピンしていながら〈面会謝絶〉の札をドアにかけているのを知っているので、あまり信用していなかった。

「ごめんなさい……」

そっとドアを開けて中を覗く。

個室である。もちろん、母が費用を払っているのだろう。

カーテンが引いてあって、薄暗い。ベッドでは、あのときからまた一段と老け込んで見える須貝が目を閉じていた。

充子はそっと近付いて、覗き込んだ。

――この人が、私のお父さん。

母との暮しの中で、「父親なんて関係ない」と思っていた充子だが、やはり実際にこうして間近にすると、一種の感慨がある。

しかし、肉親としての愛情というのとは少し違う。

もし須貝が元気で、充子と「親子の対面」を始めようとしたのだったら、充子は逃げ出したろう。

充子は、須貝がこうして力なく横になり、父親として何もできない姿でいることに、第三者のような感慨を抱くのだ。

すると――須貝が目を開けた。

充子はギクリとして一歩退《さ》がった。

須貝は、天井をじっと見上げていたが、やがて自分がどうなっているのか、ふしぎに思ったらしい。ゆっくりと頭《こうべ》をめぐらせて、充子と目が合った。

須貝は、ちょっと戸惑ったように眉を寄せたが、やがてホッとしたように表情が緩んだ。

そして呟くように、

「お前か……」

と言った。

「え……」

充子は当惑した。須貝とは、親子として直接顔を合せていないはずだ。母から須貝が父親だと聞かされたときには、もう須貝は倒れて意識がなかった。

それなのに、「お前」と呼ばれてびっくりしたのである。

「俺は……どうしたんだ？」

と、須貝は言った。「ここは——病院か」

充子は少しためらってから、

「うん」

と肯いた。「心臓の発作で倒れたんだよ」

「——そうか。心配させたな」

須貝は深く息をついた。

「苦しい？」

と、充子が訊くと、

「いや……そうでもない。ただ、こう——体の力が抜けちまった感じでな。手を上げるにも、手がひどく重い」

「ゆっくり休むといいよ」

「うん……。しかし、個室か？　高いだろう。よく入れてくれたな」

すぐ料金のことを気にしているのが、充子にはおかしかった。

しかし、母が費用を出していると聞けば気にするだろう。

「そんなこと心配しなくて大丈夫よ」

「いや、仕事をあんまり休むとクビになる。――何か連絡はなかったか？」

「しばらく休むって言ってあるから。本当に心配しなくていいんだよ」

「しかしな……。今は不景気だ。不況なんだ。病人は切り捨てられる。休んじゃいられない。会社へ行かなきゃ……」

と、須貝が起き上りそうにした。

「だめだよ！　ちゃんと寝てないと」

思わず、充子はベッドへ駆け寄って、須貝を寝かそうとした。しかし、その必要はなかった。須貝自身、起き上れずに諦めて力を抜いた。

「この調子じゃ、当分だめか」

と、ため息をつくと、「――な、弥生、お前、まだ学校を出てなかったのか？」

充子は、一瞬返事ができなかった。

この人、私のことを、殺された娘だと思ってる！

「あの……」

「夢を見てたんだ。——お前が大学を出て、ＯＬになって勤めてるって夢を……」

須貝は少し笑って、「そうか。お前はまだ高校生だったな」

何と答えよう？　本当のことを話して、理解できるだろうか？

「お前、今日学校はいいのか」

「——うん。今日は午前中で終ったの」

と、充子は言った。

「そうか。無理しなくていいぞ。俺は大丈夫だ。人間、死ぬときは死ぬさ」

「そんなこと……。静かに寝てれば大丈夫よ」

「ああ。——妙なもんだな。散々寝たはずなのに、まだ眠い。いくらでも眠れそうだ」

「眠って。私——また来るから」

と、充子はつい言っていた。

「ヒマなときだけでいい。お前も年ごろだ。彼氏とデートすることだってあるだろう。こんな病人を見舞うより楽しいはずだ」

充子は驚いていた。強がっている須貝の言葉の裏に、「また来てほしい」という気持が透けて見える。

大人の心の中が分る。——そんな経験は初めてのことだった。

充子は、同情するよりも痛々しい気がして、病室から逃げ出したかった。

父親だといっても、一緒に暮したわけでもなく、育てられたわけでもない。何も、こんな所へ見舞に来る義理はないのだ。

「な、弥生」

と、須貝は言った。「俺のことは心配するな。それより、ちゃんと食事しろよ。体に悪いぞ」

「大丈夫よ。子供じゃないもん」

「そうか。——そうだな。お前ももう大人なんだ」

須貝はそろそろと手を差し出した。そうするだけでも、かなりの努力が必要だったろう。

充子はためらった。向うが勘違いするのは勝手だ。でも、手を握ること——肌が触れ合うのには抵抗があった。

「——また来てくれ、な」

須貝の手は、風に震える木の葉のように震えていた。拒むことはできなかった。

充子は須貝の手を取って、生れて初めての言葉を口にした。

「お父さん……」

病院を出た充子は、地下鉄の駅へ行こうと、横断歩道の信号が青になるのを待っていた。

すると——いやに目立つ大きな外車が一台、病院の正門前につけて停った。

誰だろう？　つい目を向けてしまう。

ドアが開いて、降りて来たのは……。

「お母さん！」

母、市川アンヌが、明るい色のスーツにサングラスという、人目をひく格好で降りて来ると、スタスタと病院の方へ歩き出す。

すると、道端に停っていた何台かの車から、一斉にTV局や週刊誌の記者、リポーター、カメラマンが飛び出して来たのだ。

「アンヌさん！」

「待って下さい！」

充子は目を丸くして眺めているばかりだった。

「——困るわ。——待って！　だめよ。ここじゃだめ。やめてちょうだい」

アンヌは病院の玄関前で両手を広げて大きく振った。しかし、

「ちょっとお話だけ」

と、リポーターがマイクを向けると、

「じゃ、簡単にね。病院のご迷惑になると困りますから」

と、アッサリ承知した。

「須貝さんはこの病院に？」

「見れば分るでしょ。でも面会謝絶。会えないし、話のできる状態じゃありません」

と、アンヌは言った。「詳しい医学的なことは、私じゃ分りませんから」

「須貝さんは、アンヌさんのご本のせいで、仕事も失くし、人生をめちゃめちゃにされたとおっしゃったようですが」

「そんなこと言ってたわね、倒れる前に」

「どう思われます？　胸が痛みますか？」

と、リポーターが訊く。

「胸より腰ね、痛いのは」

と、アンヌは冗談まで言って、「でも、私は事実を書いただけだし、大体愛人を作るんだったら、何かそのせいでマイナスがあることぐらい、当然でしょ。覚悟しとかなくちゃ」

「じゃ、特に責任は感じない、と？」

「感じる必要ないと思うわ。でも——」

と、アンヌは病院を振り返って、「ここの入院費など一切、私が持ってます。それだけのことはしていますす。忘れないで」

「入院は長くなりそうですか？」

「さあ……。でも、年齢《とし》も年齢ですしね。そう簡単には出られないと思います」

と、アンヌは言って、「さ、これくらいにして。次の仕事もあるので、この病院にそんなに長くいられないんです」

そう言われると、マスコミの方もアッサリと引き退がる。

「――アンヌさん、次はいつごろ？」

と訊くリポーターもいた。

取材陣がすっかりいなくなってしまうと、アンヌは病院へ入って行くのかと思えば、さっさと車の方へ戻って行く。

そして、運転手があわてて出て来てドアを開けるのを待っている間に、充子に気付いたのである。

「充子！――何してるの、こんな所で？」

と、足早に歩み寄る。「学校は？」

「サボった」

「あら、そう。――ま、いいわね、たまには」

ポンと充子の肩を叩き、「じゃ、車に乗ってきなさいよ。お母さん、夕食は出版社の人と食べるの。あなたどうする？」

「適当に食べるよ」

「でも——。じゃ、こうしましょ。お母さんはNホテルの和食だから、そのホテルのレストランで食べてなさい。すんだら迎えに行くから、一緒に帰りましょ」

「うん……」

充子は促されるままに車に乗った。

「——お母さん、お見舞に来たんじゃないの？」

「あの人の？　違うわよ。お金を出してあげて、入院させてるんだから。それ以上のことなんかできないわよ」

「じゃ、どうして病院に？」

「ワイドショーの方から、病院の前でインタビューしたい、って頼んで来たの。だから背景に借りたってこと」

「じゃあ——あの人たちがいるって分ってたのね」

「そうよ、もちろん。持ちつ持たれつ、お互い様だから。お母さんもこのところＴＶに出る機会が減ってたの。あの騒ぎで、またあの本が売れてるのよ。急いで新書判を出すことにしたの」

充子は啞然としていた。

「——あなた、あの人の見舞に？　病室に入ったの？」

と、アンヌは訊いた。

充子は一瞬迷ったが、

「そうじゃないよ」

と、首を振った。「ただ、どんな病院かなと思って、見に来たの」

「そう。見舞ってもむだよ。まだ意識ははっきりしてないみたいだしね」

アンヌは欠伸《あくび》をして、「少し眠るわ。ゆうべＴＶの深夜の生番組に出て、寝不足なの。――Ｎホテルに着いたら起こして」

「うん……」

充子が眺めている内に、アンヌはスヤスヤと寝入ってしまった。

充子は窓から外を眺めながら、呟いた。

「――お父さん」

12　複数の幸せ

「あの人たちよ！」

という声がしたと思うと、女子高校生七、八人が殺到して来た。

片山は振り向いて、

「アイドルタレントでもいるのか」

と言った。

「でも——こっちへ来るわよ」

と、晴美が言った。

「どうしてだ？」

晴美が返事をする余裕はなかった。

女の子たちはアッという間に二人を取り囲んでしまったのである。

「すてき！」

「サインしてちょうだい！」

「私にも幸福を分けて！」

「握手して！」

次々に声をかけられ、握手したりサインしたり、記念写真におさまったり、と忙しいのは——片山と晴美の二人ではない。

栗原課長の姪、矢川清美と、その婚約者、有田拓士《ありたたくじ》である。

「——挙式はいつ？」

と、一人の少女が訊くと、

「十二月の五日よ。そんなことも知らないの？」

と、別の子が小馬鹿にしたように言う。

「祝福してね、みんな」

と、矢川清美がニコニコ笑いながら言った。

「もちろんです！」

「みんなでお祝いのメールを送ろう！」

「全国で百万通のメール！」

「やろう、やろう！　みんなに呼びかけよう！」

片山と晴美が呆気に取られている間に、話がどんどん盛り上っていく。

「待って。——ね、待って」

と、清美が止めて、「気持は嬉しいけど、他の人の迷惑になることはいけないわ。メールより、少なくていいから、カードの一枚でももらえたら嬉しい」

「彼女の言う通りだよ」

と、有田拓士が清美の肩を抱いて、「僕らのことを、みんな一人一人が、心の中で祝福してくれれば、それで充分なんだ」

少女たちは納得した様子で、更に握手したり、一緒に写真をとったりした。

人通りの多い地下道である。――通りかかった他の少女も何人か加わって、

「――ね、そのおじさん、誰？」

と、一人が言った。「清美さんのお父さん？」

「お父さんにしちゃ若くない？」

「若く見えるけど、結構、年齢《とし》くってるのかも」

その会話が、自分に関するものだと片山が悟るまで、やや時間がかかった……。

「こちらはね、仲人をお願いした、片山さんご夫妻」

と、清美が紹介すると、

「エーッ！」

と、なぜか一斉に驚きの声を上げ、

「一緒に写真とって！」

と、今度は片山と晴美がワッと囲まれてしまった。

「ハイ、チーズ！」

というかけ声だけが昔の通りで、それを聞いて片山は少しホッとしたのだった。

四人はやっと少女たちから解放されて、歩き出した。

「どうして君たちのことを知ってるんだ？」

と、片山は首を振った。

「あら、お兄さん、分らないの？　この二人のことはインターネットで写真つきで流されてるのよ。何十万人もの人が見てるんだから、町で会ってもふしぎじゃないわ」

片山にはその〈インターネット〉なるものが分らない。ケータイは、いくら最新型でも電話には違いないので、理解できるのだが、Eメールさえ、

「ファックスと違うのか？」

と、課の女の子に訊いて馬鹿にされる始末なのである。

「――ま、ともかく有名になるのはいいけど、式の当日に何十万人も押しかけたりしないだろうな」

と、片山が言った。

そこへ、タッタッと足音が追いかけて来て、

「すみません！　片山さん！」

見れば、さっき一緒に記念撮影をした女の子。

「何だい？」

「これ、私のケータイの番号とアドレス」

と、メモを片山の手に押し込んで、「よろしく！」

と、また駆けて行ってしまう。

「――何だ、一体？」

片山はメモを見て、「アドレスって……住所だろ？　どこに住所が？」

「それはEメールのアドレスよ」

と、晴美はメモを手に取って、「何か書いてある。――〈私にもいいお婿さんを捜してね〉ですって！」

「ちゃっかりしてる」

と、清美が笑った。

「仲人って聞いて、私たちが二人を紹介したとでも思ったんでしょうね」

晴美はメモを片山へ渡して、「この子のケータイにかけてみる？　お付合いしてくれるかもよ」

「やめてくれ」

片山はムッとしたように言った。「あの中原とは違うんだ」

「ああ、そういえば――堀田ルミって子、どうしたかしら」

「うん……。俺たちがどうしてやれるってものでもないさ」

と、片山は肩をすくめた。

今日、矢川清美が「婚約者」を紹介するというので、あの「ケーキのおいしいお店」で片山たち仲人が会ったのである。

二十一歳、大学生の有田拓士は、礼儀正しい若者だった。

「じゃ、当日はどうかよろしく」

地下鉄の改札口で、片山たちは二人と別れてホームへと下りて行った。

「――感じのいい人ね」

と、晴美が言った。

「そうだな。まずまずか」

片山としては、「兄妹《きようだい》仲人」という依頼自体に納得できない。

「司会者みたいなもんだと思えばいいのよ」

と、晴美の方は楽しんでいる。「TVの番組でも、司会はたいてい男女で一組でしょ」

それとは話が違う、と片山は思ったが、文句を言っても仕方ない。

「――でも、あの有田さんって、ケーキが本当に好きなのね」

「うん……。思い出させないでくれ。気持悪くなってくる」

と、片山はため息をついた。

あの店で、長田幸子のすすめるケーキを、あの有田拓士は片っ端から食べまくり、話がすむまでに六つものケーキを平らげたのである！

「普通、遠慮するよな」

「その点、やっぱり若いのね」

大して年齢の違わない晴美がいやに「大人」に見えてしまう。

「今日は捜査本部へ戻るの？」

地下鉄に乗って、晴美は言った。

「うん。でも一旦アパートへ帰るよ。一風呂浴びてから出直す」

――〈花嫁人形殺人事件〉は一向に捜査がはかどらないまま日を重ねていた。

特別捜査本部も、初めのころは熱気が溢《あふ》れているが、しばらくすると段々くたびれてくる。

片山も何日か泊り込んだりしていたが、だからといって手がかりの方からやって来てくれるわけではない。

片山が大欠伸をしていると――。

「ワッ！」

と背中を叩かれて、飛び上るほどびっくりした。

「あら、ルミちゃん」

と、晴美が言った。

片山が振り向くと、噂をすれば、で、堀田ルミが制服姿で立っていたのである。

「学校の帰り？」

と、晴美が訊く。

ルミが首を振った。——地下鉄ではうるさくて話ができない。

「何か食べない？」

と、晴美が大きな声で言った。「お兄さんも、夕食すましちゃえば？」

片山はどっちでもいいので、黙って肩をすくめた。ルミはニコニコ笑っている。

というわけで——片山たちは途中下車して、ルミと三人で中華料理を食べることにした。

「元気そうで良かったわ」

と、晴美が言うと、

「ご心配かけて」

と、ルミは頭を下げた。「この制服、新しく作ったの。やっぱり濡れたのは使えなくって」

「そう。——ご両親には？」

「話して、もう手術も受けた」

ルミはちょっと目を伏せた。「——もう二度といやだ」

「そうね」

晴美が肯く。「私も経験あるの」

「本当に？」

「うん」

「そうか……。私、お父さんに殴られたし、お母さんには泣かれちゃったけど——でも、あの手術が一番辛かった」

「用心して、これからは」

「もう男なんてこりごり」

と、ルミは言って、「今は食欲あるの！　食べるぞ！」

料理が来たところだった。

三人でにぎやかに食べながら（片山は黙々と食べていたが）、晴美から仲人の話を聞くと、

「わあ、面白そう」

と、ルミは喜んでいる。「片山さんと晴美さんの仲人か。私も出席させて！　いいでしょ」

「結婚式なんだぜ。招待されなきゃ出られないだろ」

「会費払う」

「そういうもんでもないんじゃないか」

「いいわ、私が頼んであげる」

「やった！　晴美さん、大好き！」

と、ルミは椅子から飛び上りそう。

「おい、待てよ」

と、片山が言った。「何のためにインターネットで宣伝してるんだ？　もしかすると、例の花嫁人形の殺人犯が現われるかもしれないんだぞ。もしものことがあったら、どうするんだ」

「あ、忘れてた」

と、晴美は額をピシャリと叩いて、「ルミちゃん、ごめん！」

「それって、どういうこと？」

ルミは、栗原課長の姪の挙式、しかも事件担当の刑事が仲人というので、犯人をおびき出せるかもしれないのだと聞いて、これが完全な逆効果。

「私、何が何でも出席する！　たとえ招待されなくても、強引に中に入ってテーブルの上にでも座ってる」

こうなると、晴美と似て、引込《ひっこ》まない。

「——仕方ないわよ。ね、お兄さん？」

片山は渋い顔で、

「自分でも充分気を付けるんだよ」

「ありがとう！　片山さん、キスしてあげるね」

と、ルミが両手を広げる。

「やめてくれ！」

片山が身をのけぞらせて、危うく椅子ごと引っくり返りそうになった。

「——ルミちゃん、元気で良かったわ」

と、晴美は言った。「もちろん、そう見せてるってこともあるだろうけど」

「ま、いつかいい男とめぐり会うといいけどな」

片山たちはアパートの階段を上って行った。

「お兄さん、どう？　あと五、六年すりゃ、ルミちゃんも大人よ」

「心配するな、あっちが断る」

「それもそうか」

二人は部屋の前に立って、晴美が鍵を取り出した。片山は欠伸して、

「ああ、満腹になったら眠いや」

「——お兄さん」

「何だ？」

「ドア、鍵があいてる」

「何だって？」

かけ忘れるわけはない。そういう点、晴美は特に神経質である。

「用心しろ。——誰かいるのか？」

と呼びかけて、片山はドアを開け、真暗《まっくら》な部屋を覗き込んだ。

すると——。

「ニャー」

と、ホームズの声。

「大丈夫だわ。いつもの声。明りを」

片山が明りをつけると、畳から起き上った人がいる。

「あら、お帰りなさい」

片山と晴美は同時に、

「叔母さん！」

と声を上げていた。

片山兄妹の叔母に当る児島光枝《こじまみつえ》が欠伸しながら、

「待ちくたびれて、ちょっと横になってたら、眠っちゃったみたいね。アーア……」

ブルブルッと頭を振って、「もう大丈夫！　目がさめたわ」

「ニャー」

ホームズが面白がっている。

この叔母は、片山兄妹の「親代り」を勝手に自認し、かつ、「二人の幸福は私が与えてあげるのよ！」という使命感に燃えているのだ。

「叔母さん、いつ来たんですか？」

と、片山が訊いた。

「夕方よ。——もう夜？」

「夜ですよ。じゃ、ずっと待ってたんですか？　前もって連絡してくれれば……」

というより、普通は相手が在宅かどうか確かめてから訪ねるものだろう。

「いいの、いいの。気にしないで。義ちゃんと晴美ちゃんのためなら、二日、三日だって待つわよ」

児島光枝は片山たちが当然「すまないと思っている」と信じているらしい。

片山にしてみれば、確かに児島光枝にここの鍵を渡してはあるが、親子というわけではなし、留守中に勝手に上られては困ってしまうのである。

晴美はそつなく、

「すぐお茶いれますね。――叔母さん、お腹空いたでしょう？　私たち、外で食べて来ちゃったの。ごめんなさい」

何も謝ることはない！　片山は仏頂面《ぶっちょうづら》をしていた。

「いいのよ。まあ――確かに少しお腹が空いてるけど……」

「お茶漬でも？　何もなくて悪いけど」

「じゃ、いただくわ。私一人のためにお寿司なんか取ってもらっても悪いから」

片山は、あえて聞こえないふりをした。

「それで、叔母さん、何かご用だったの？」

と、晴美がお茶漬の用意をしながら訊く。

「――そうだわ！」

突然、光枝が大声を上げたので、片山はびっくりした。

「叔母さん！　アパートなんですから、あんまり大きな声を――」

「それどころじゃないわ！　私はね、怒ってるのよ」

と、光枝はちゃぶ台を叩いた。

思い出して怒る、というのが光枝らしいところだ。

「何か叔母さんを怒らせるようなこと、したかしら？」

晴美は平然として、「——はい、どうぞ」

「ありがとう。——でもね、やっぱり怒ってるの。その点をはっきりさせてから、いただくわ」

光枝は、エヘン、と咳払いをして、「あなたたち、インターネットで結婚相手を捜してるんですって?」

これには片山と晴美もびっくりして顔を見合せたが、光枝は誤解したらしく、

「図星なのね! ——二人とも、私の持ってくる話には、何のかのとケチをつけて断るくせに、そんな、どこの馬の骨か分らない人間たちとお付合いしようなんて! そんなふしだらな人間にあなたたちを育てた覚えはありません!」

そりゃ、育ててもらってないからね、と片山は思った。しかし、そう言っても光枝には通じない。

「叔母さん、落ちついて。それは間違いよ」

「そうよ! 大きなあやまちです!」

「いいえ、そうじゃなくて——。誰から聞いたか知らないけど、私たちのことじゃないの。捜査一課の栗原さんの姪ごさんが結婚されるの。それで、私とお兄さんが——ちょっと変だけど、仲人をつとめることになったのよ。そのことをインターネットで流したの。誰かがそれを見て、勘違いしたのね」

光枝は「仲人」と聞いて、一気に頭に血が上ったらしい。

「仲人ですって！　私を差しおいて、仲人なんてさせるもんですか！　あなたたちの仲人はこの私しかいない……」

「だから、そうじゃないんだってば！」

「お兄さんも落ちついて――」

「これが落ちついていられますか！」

「ニャー」

と、まあ大騒ぎ。

やっと事情が光枝にのみ込めたのは、いい加減お茶漬がさめたころだった……。

「――そういうことだったの」

光枝はお茶漬をきれいに食べてしまうと、「もっと早くそう言ってくれれば良かったのに」

「ちゃんと言ったじゃないですか」

「もういいじゃないの、お兄さん。――叔母さん、そういうことだから、心配しないで」

「そうはいかないわよ。――ごちそうさま！　今日はね、ともかく決めてもらうわ」

「何を？」

光枝は傍に置いてあった風呂敷包みを開けると、ドサッとちゃぶ台の上に——。

「お見合写真、三十枚。二十枚は晴美ちゃん、十枚は義ちゃん向け」

呆気に取られている片山たちの前に、光枝はお見合写真を次々に並べて見せたのだった……。

13　掃除する人

「それで――」

と、片山は言いながら欠伸をした。「失礼！　あなたは草刈まどかさんの婚約発表のとき、このホテルの宴会場の掃除に入ってたんですね」

「そうです」

エプロンをつけたそのおばさんは、大きな目をクリッとさせて、「大変でしたね、あのときは」

「ええ。――一つ伺いたいんですが、このロビーで、花嫁人形を拾いませんでしたか」

「拾いました」

「そうですか。結構です。どうも」

片山は手もとのリストの名前の一つにチェックマークをつけた。隣にいた石津が、

「なかなか当らないもんですね」

「根気根気さ。その内にはきっと……」

と言いかけて、「——石津、今のおばさん、『拾いました』って言わなかったか？」

「言いましたか？」

「ちゃんと聞いてろ！」

「片山さんが聞いてらっしゃるとばかり……」

「待って！　——今の人、待って下さい！」

片山はあわてて、掃除の仕事に戻って行くおばさんを追いかけた。

——なぜ、草刈まどかの控室にあの紙の花嫁人形が置いてあったか。片山は、ホテルで当日掃除に当った女性たちに質問していた。

それにしても、大勢が掃除に当り、しかも外部の清掃業者がパートの主婦にやらせているので、当日誰がこのホテルで働いていたか、はっきりしない。

「今日の担当が、たぶんあの日と同じメンバー」

と聞いて、片山たちは一人一人、ロビーの隅に呼んで訊いた。

同じ質問を三十人近くにしていただろうか。

いい加減くたびれてボーッとしていた片山は、その「おばさん」も、

「拾ってません」

と言ったような気がして、行かせてしまったのだ。

「おい、捜せ！」

「はい！」

石津も手分けして捜し始めたが——何しろ、みんな同じ制服のエプロン姿。見かけても、顔を見ると別人、というわけで、二人はホテルの宴会場を次々に駆け回った。

「——畜生！」

片山は息を弾ませ、「せっかく見付けたのに！」

リストで名前は分っている。捜し出すことはできるだろう。

ウロウロしていても仕方ない。

片山は元の場所へ戻ると、リストの最後にチェックした名前を——。

「だめだ」

順番に会ったわけではない。チェックしてある名は飛び飛びだった。

「どれだ？　——どれだ？」

ぼんやりしていたので、名前をよく憶えていない。

責められるべき失敗には違いないが、何しろ、かのお見合写真をめぐって、児島光枝と夜中まで「ああでもない、こうでもない」とやっていたので、寝不足なのである。

「——見付かりません！」

と、石津が戻って来る。

「石津。今の人、何て名か、聞いてたか？」

「聞いてました」

「良かった！　教えてくれ」

「聞いたけど、憶えてません」

片山は、石津を怒鳴るわけにもいかず、

「館内放送を頼んで来い。今、ここで会った人全員、もう一度ここへ来てくれと」

「分りました」

石津が駆け出して行くと、片山はため息をついてソファに身を沈める。

「参った！」

人のせいにはできない。——これで見付からなかったら？　考えたくもなかった！

片山が頭を抱えていると、

「あら、刑事さん」

どこかで聞いた声だ。——顔を上げると、

「やあ、長田さん」

あのケーキの店の長田幸子である。

「何してらっしゃるんですか？　お仕事？」

幸子は店の名の入った大きなプラスチックのケースを持っていた。

「ええ、そうなんです。それは……」

「お店のケーキを届けに来たんです。こちらの結婚式の披露宴で、デザートにぜひうちのケーキを出したいとおっしゃって下さる方がいらして」

「そんなこともするんですか。大変だな」

「結構いらっしゃるんですよ。ここへも時々届けます。こういうのは大分前から予約が入りますから、用意しやすいんです」

「なるほど」

「でも面白いわ。知ってる方にお会いするときって、続くんですね」

と、幸子は言った。「つい今しがたも、お店によく来て下さる玉木さんにも、そこで」

「玉木さん……」

「結婚式コンサルタントの。こういう所にいつもみえてるわけですから、お会いしてもふしぎじゃないんですけどね」

思い出した。須貝弥生の葬式のとき、市川アンヌと一緒に来ていた。

そういえば、須貝の父親の方はどうしたろう。アンヌが入院させて、マスコミからシャットアウトしていると聞いたが。

「──片山さん！」

石津が戻って来た。「今、館内放送が──。あれ？」

と、幸子に気付く。

「どうもご苦労様。——そうだわ。急に欠席された方がいて、ケーキが二つ余ってるんです。召し上りません?」

「いや、一人で二つも……」

石津は自分だけが言われたと思っている。

「いえ、お一つずつ……。代金はいただいてあるので、結構です」

片山は、どうにもそういう気分ではなかった。

「お前、二つ食え。食えるだろ」

「そりゃ、二つぐらいでしたら……。いいんですか?」

「ああ」

「じゃ、こちらに置きます」

と、小さな普通の紙箱に入れてあったケーキを箱ごと小テーブルに置いた。

「じゃ、いただきます!」

石津はいかにも嬉しそうだ。——片山は羨しかった。

「業務連絡です。清掃の方へご連絡します……」

と、館内放送が流れた。

見付かってくれ……。片山は祈るような思いで、その放送に耳を傾けていた。

もう少し珍しい名前だったら、片山も記憶に残っていたかもしれない。

「吉田《よしだ》さん」

と、呼ばれて、クロークのカウンターをせっせと拭いていた吉田弓子《ゆみこ》は、手を止め、

「はい」

と振り返った。

「お昼、食べに行って。交替で三十分したら私、行くから」

と、班のチーフの女性が言った。

「でも、このカウンター、途中なんで、拭き終ったら行きます」

「いいわよ。あなたも熱心ね」

「どうも……」

そういうわけでもないが、途中でやめて一旦離れてしまうと、後で気になって、絶対に同じ所を二度拭いてしまうので、きりのいい所まで拭いておきたい。

吉田弓子は、それでも確かに「掃除好き」に違いなかった。こうして仕事でやっていても、テーブルや手すりがピカピカ光るのを見ると嬉しくなる。

さあ、もう少し……。

隅の方は、つい手を抜いてしまうもの。吉田弓子はそういう所を特に念入りにきれいにすることに情熱を傾けていた。

そして、熱中してしまうと、館内放送など単なる雑音にしか聞こえないのだった……。

パッとフラッシュが光って、ケーキを頰ばっていた石津が目を丸くする。

「――スクープ！」

と、デジタルカメラを手に得意げに言ったのは、市川アンヌだった。

「何してるんです？」

と、片山は訊いた。

「取材よ。結婚式場には人間の哀歓が一杯」

と、アンヌは言って、「勤務中の刑事さんが、ケーキを大口開けて食べていた！　写真週刊誌にでも売り込もうかしら」

「待って下さい！」

石津が焦っている。

「冗談よ」

と、アンヌは笑った。「それより、人を捜してるの。玉木令子さんって……」

「あのコンサルタントですね」

と、片山が言った。「ケーキ屋の長田さんが見かけたと言ってましたよ」

「あら、じゃ、そのケーキ、あの店の？」

とアンヌは肯いて、「玉木さんと待ち合せなんだけど。場所を間違えたかしら」

「僕は見かけてないんで。——須貝さんはいかがですか」

「相変らずよ。意識は戻ってるらしいけど、私は会ってない」

「見舞に行かないんですか？」

「私が行ってどうなるの？　向うも、私の顔見たら、またカッとなるだろうし。会わない方がいいのよ」

と、アンヌは肩をすくめる。「でも、入院費用は私が出してるわ。ちゃんと個室に入れて。自分じゃ、とても払えないでしょ」

「あれ？」

と、石津がふしぎそうに、「TVで、見舞に行くところが映ってませんでしたか？病院の前でのインタビュー……」

「あれは打ち合せての取材。——病院の中には入らなかったの」

「へえ……」

「こっちも商売よ。入院費用を持つ代りに、うんと利用しなきゃ。スキャンダルでもいいの。TVに出る回数がふえれば、本も売れるわ」

アンヌはしたたかである。

「あなたはいいでしょうが、娘さんはどうなんです？」

「充子の学校にも取材が行ってるの。いやがって休んだりしてる。でも、あんなことでもなきゃ、普通の高校生がＴＶになんか出られないわ。いい機会よ」

片山には、とてもついていけなかった。

「じゃ、失礼。——もし、玉木令子さんを見たら、私のケータイに電話してと言ってちょうだい」

アンヌは言うだけ言って、さっさと行ってしまった。

「——片山さん。本当に写真週刊誌に出ますかね」

「出るわけないだろ！　刑事がケーキ食べてるところが面白いか？」

「まあ、そうですね」

と、石津が肯く。

そこへ、何人か掃除のおばさんがやって来た。

その中に、片山の捜す相手はいなかった。

「すみません、お名前を」

片山は、チェック済の名の上に、もう一度チェックして行った。

「今の中にはいませんでしたね」

「ああ……。捜してるときに限って、最後の一人だったりするからな」

と言って、片山はロビーを見回した。

それが本当のことになってほしくはなかったが……。

吉田弓子は、化粧室に入って手を洗った。

掃除の仕事で手が荒れるのは仕方ない。

手袋はできるだけしたくなかった。──むろん、使い捨ての手袋を支給されているが、手袋をはめていると、本当にどこまできれいになっているか分らないのである。

空拭きしたときのキュッと鳴る感じ、エスカレーターのゴムの手すりが、ツルッと滑らかになっているかどうか。──そういうことは、肌で感じて確かめなくてはならない。

自分で気がすまないのである。

カサカサになって、指先が切れかかっている手を見ると、痛いのはいやだし、見た目も良くないと思うが、その一方で吉田弓子は内心ひそかに、その荒れた手を誇りに思っていた……。

「さあ、お昼にしましょ」

と、ペーパータオルで手を拭いて、呟く。

化粧室へ入って来た人影があった。スッと背後を通り抜ける。

吉田弓子は、ほとんど無意識に、今使った水栓やシンクをペーパータオルできれいに拭いていた。

そして、化粧室を出ようとすると——突然誰かが背後から吉田弓子を捉えた。

声一つ上げなかった。

きれいに磨き上げた洗面台の鏡に、パッと血が飛び散った。

14　落ち込んで

「お兄さん、――お兄さん？」

晴美はアパートの玄関へ入ると、呼んだ。「いるんでしょ？　お兄さん」

夜、七時を少し回っている。昼の短い季節。もう真暗である。

「明りが消えてますね」

と、石津が言った。「お留守ですか？」

「いるはずよ」

晴美は上り込んで、明りをつけた。

「ニャー」

ホームズが起き上って鳴きながら、「ニャー……アオ」

と、ついでに欠伸をした。

「ちゃんとお兄さんの面倒みてた？」

「ニャー」

「見きれないって？」

晴美は襖を開けて、「お兄さん！」

片山は布団にくるまっていた。

「お兄さん……。起きてるんでしょ」

「眠ってる」

「眠ってて返事する人がいる？　石津さんと買物して来たわ。食事にしましょ」

「断食《だんじき》する」

「もう……。食事もしないで、犯人が捕まえられるの？」

晴美は肩をすくめて、「いいわ、石津さん。私たちですきやき始めましょ。今、仕度するから」

「お手伝いします」

と、石津がコートを脱ぐ。

「じゃ、ガスコンロ、出して。すきやき用のお鍋は、その棚の中」

晴美はさっさと仕度を始めた。

すると、片山は布団の中から、

「石津、何か分ったか」

と、声をかけた。

「今のとこ、何も……。片山さんがお休みでした」

「それぐらい分ってる！」

「そうですよね」

「課長は何か言ってたか？」

「ええ。何か……。何だっけな？」

と、石津は首をかしげて、「——そうだ。ゆうべ、新作が描き上ったそうです」

「そんなこと訊いてない！」

片山は布団に起き上った。

「片山さん、目の下にくまが」

「くまでもトラでもいい。胃に穴でもあきゃいいのに」

「食べたもんがこぼれませんか？」

——片山は、不注意から吉田弓子を死なせてしまったというショックで、ここ三日間、寝込んでいた。

「疲れていた」

などと言いわけするつもりはない。

辞表を十回も書き直したが、書けば書くほど、〈辞表〉という字が下手になった。

おしまいには、〈辞表〉と書いたつもりが、〈表辞〉と書いていて、片山は書き直すのをやめたのだった。

「今は、元気出して、犯人を捕まえることよ」

と、晴美は言った。「辞表出すのはその後でいいわ」

――片山の失敗で、吉田弓子が死んだ。

それは事実で、かつ、取り返しのつかないことである。

「お兄さんがふて寝してても、捜査は進まないのよ」

「分ってるよ」

片山はため息をついて、「――すきやきだって？」

「食べましょ。さあ、起きて」

「うん……。肉は何グラム買って来たんだ？」

片山は、石津の嬉しそうな顔を、不安げに見たのだった……。


「犯人は、人形を置いていってない」

と、片山は言った。「しかし、同じ犯人としか思えないな」

「食べてるときは、事件のこと考えるの、やめたら？」

「いいんだ。どうせ頭の中は他のことなんか入る余地がない」

「ま、そうね」

晴美は石津へ、「お代り?」

「は、どうも」

石津は空の茶碗を差し出した。——三杯目である。

すきやきの鍋がグツグツと音をたてていた。——ホームズも、晴美の傍に座って、冷ました肉や豆腐をもらっている。

「あそこで、お兄さんが一人一人話を聞くのを、犯人も見てたってことね」

「そうだな。——しかし、気付かなかった」

「ロビーじゃね。色んな人が通るし」

「市川アンヌがいた。それに、ケーキ屋の長田さんって人も。市川アンヌは、玉木ってコンサルタントが来てるはずだと言ってた」

「あの人たちに、吉田さんを殺す理由はないでしょ」

「そうだな」

「あの人が人形を拾ったのね」

「そう言った」

「誰かが落したのかと思って、あの控室のテーブルに置いた」

「落したのが誰か、見ていたんだな、きっと」

「そして見られた方も、それを知ってた……」

「だが、それならなぜ人形を持って行かなかったんだ？」

「そうね。——お兄さん、卵は？」

「うん……」

片山は、起きると急にお腹が空いて来て、せっせと食べ始めたのだった。


「ただいま」

と、市川充子は玄関を上ると、言った。

「お帰り」

「キャッ！」

充子は飛び上りそうになって、「ああ、びっくりした！」

「何よ、『ただいま』って言うから、『お帰り』って言ったんじゃないの」

と、アンヌは苦笑して、「ご飯、食べる？　たまには作りましょうか？」

充子は、珍しいことを言い出した母親をまじまじと見つめた。アンヌはボサボサの髪で、ガウンをだらしなく着ている。家で仕事しているときは、たいていこんな格好だから、充子も別に驚かないが……。

「何よ、人の顔ジロジロ見て」

「お母さん——。もしかして、私に巨額の生命保険、かけてない？」

聞いてアンヌは渋い顔をして、

「何だ、ばれたか！」

充子が笑い出すと、アンヌも吹き出して、「——全くもう！　落ちぶれても、娘の保険金なんかあてにしないわ。これでも、まだ引っかかる男がいるのよ」

「それはお気の毒ね。もちろん男の人がよ」

と、充子は言い返して、「仕事、忙しいのなら、何か取る？　お寿司かピザか」

「凄い選択肢ね。——いいわ、座りっ放しで、腰が痛くなったの。何か簡単なものをこしらえるわ」

と、アンヌは台所の方へ行こうとして、「そうだ、充子」

「何？」

「あの片山って刑事さん、名前の方は何ていうか知ってる？」

「義太郎」

「ああ、そうか。何か古風な名前だってことは憶えてたんだけど。ありがとう」

「どうして？」

「何でもないの。ちょっとね」

と、アンヌは台所へ。

「お砂糖とお塩、間違えないで！」

と、充子は声をかけた。

これは冗談でなく、アンヌは充子が学校へ持っていくお弁当のおかずに煮物を作ったとき、お砂糖でなく塩を入れ、充子は塩《しょ》っぱい煮物を、死ぬ思いで食べたことがあるのだ。

「――片山義太郎さん、か」

充子は着替えをしながら呟いた。

でも――どうして母が片山の名を知りたがったのか？

どうも引っかかった。

台所では、アンヌが、

「ええと……後は何入れるんだっけ？」

と、頼りない一人言を言っている。

充子は母の仕事部屋に入った。

本や封筒、コピーの束が山積になっている。

充子は母がいじっていたパソコンの電源を入れてみた。

原稿を打っていたのだ。――充子も使い方は知っている。前のページをめくっていくと、〈片山刑事〉の文字が目に飛び込んで来た。

充子は椅子に腰をかけた。

「――充子」

と、声がして、仕事部屋のドアが開いたとき、もう充子はそのコラム原稿を読んでしまっていた。

そう長い原稿でもない。

「充子！　お母さんの書きかけのもの、読まないでって言ってるでしょ！」

「お母さん……」

充子は椅子をクルリと回して母と面と向うと、「こんなもの、書かないで！」

「嘘じゃないのよ。お母さん、近くにいて、聞いてたんだから。あの片山さんって刑事がうっかりしてたせいで、あのお掃除のおばさんは殺されたの」

「だって――」

「それを警察は公表してないわ。これが載れば、きっと反響を呼ぶわよ」

アンヌは自信たっぷりに言った。

「お母さん。――やめて。お願いだから」

と、充子はじっと母を見つめながら言った。「もし、お母さんの聞き違いだったら？　何か事情があったのかもしれないじゃないの。少なくとも、片山さんに確認してからにするべきだわ」

「確認なんか取ったって、認めるわけないじゃないの。それに、『書いていいですか』、なんて、いちいち訊いてたら、面白いものなんか書けやしないわ」

と、アンヌは取り合わない。「さ、そんなことより、ご飯にするわよ」

しかし、充子は動こうとしなかった。

「──充子。お母さんと約束したでしょ？　仕事のことでは一切口出ししない、って」

「憶えてるわ」

「じゃ、分ってくれるわね。お母さんの稼いだお金で、充子は学校にも行ける、ご飯も食べていられるの。そこを考えてね」

「分ってる。分ってるけど、でも、今度だけはお願いよ。このコラムだけはやめて」

充子は必死の思いを込めて言った。

「充子──」

「私、片山さんが好きなの」

と、充子は言った。

アンヌが目を見開いて、

「まさか、充子──。あの刑事さんと、妙なことになってるわけじゃないでしょうね」

「妙なことって、何よ！」

充子は頬を赤くした。「片山さんが、そんなことするわけないじゃないの」

「分るもんですか。今どきの警官なんて」

アンヌははねつけるように言って、「もうこの話は終り。いいわね」

充子は口を開きかけたが、思い直した様子で、

「分ったわ」

と言った。

「じゃ、ちゃんとご飯を食べるのよ」

充子は黙って母の仕事部屋を出た。アンヌは、充子の背中に、

「仕事部屋に勝手に入らないで。いいわね」

と、もうひと言、付け加えた。


「——片山さん？」

夜中の電話というのには慣れているが、それでも、回数を重ねれば眠気がすぐにさめるというわけではない。

「はい、どなた？」

という声が、いくらかはっきりしていなくても仕方がないだろう。

「私。——市川充子です。アンヌの娘の」

「ああ。どうしたんだい？　こんな夜中——。三時って、夜中の三時だよね」

三日間、寝たり起きたりしていたので、時間の感覚がおかしくなっている。

「ごめんなさい、起こしちゃって」

「いいんだよ。何か？」

「私……、何と言ってお詫びしたらいいのか」

「僕に？」

「母が――明日の新聞のコラムに、片山さんのことを書くの」

充子の話を聞いている内に、片山も目が覚めた。

「そうか。――確かにあのとき、君のお母さんも居合せたからね」

「私、やめてくれって頼んだの。でも――」

「いや、いいんだ。君がそんな風に考えることはないよ」

「だって……。片山さんが責任を……」

「うん。でも、僕の責任には違いないからね。本当は、初めからきちんと公表するべきだった。捜査に支障が出るからって、犯人が捕まってからにしようと上の方で決めちまったんだよ」

「お母さんは自分の話のネタになれば、人を傷つけることなんて平気なの。私、我慢できないわ」

「いや、そう言っちゃ、お母さんに気の毒だよ。お母さんには、自分が見聞きしたことを活字にする権利がある。もちろん、捜査上、その記事のせいで困ることが起こるのなら、出すのを待ってもらうように頼むこともあるが、それも依頼する以上のことはできない。特に今度の場合は、僕個人の問題だからね」

「でも、それで片山さんの立場が――」

「心配してくれてありがとう」

と、片山は言った。「そういうことで、君は心配しなくていいよ。もし、それで僕がクビになったとしても、それは僕が失敗したからで、君のお母さんのせいじゃない」

少し間があって、

「――ありがとう、片山さん」

と、充子は言った。「でも、片山さんも私のこと、心配しなくていいのよ」

「君のこと？」

「ええ。私がどこに行ったか分らなくても、気にしないで。これは私とお母さんの問題なの」

片山は戸惑った。

「どこへ行ったか、って……」

「私、家を出るの」

「何だって？」

「いえ、正確に言うと、もう出てるの。誘拐じゃないってこと、ちゃんと手紙に書いて来たから、今度は大丈夫」

「しかし、君——」

「お母さんが少しでも考えてくれれば、それでいいの。決して、家へ二度と戻らない、ってわけじゃない。そのことも、ちゃんと書いておいたわ」

「いいかい。君はまだ高校生なんだよ」

「家出って、たいていは学生のころにするんじゃない？」

「うん。——それもそうだ」

高校生に言われれちゃ情ない。片山はあわてて、

「しかしね、やっぱりお母さんだけじゃなくて、周囲の人が心配するよ。せめて——」

行先を、と言いかけて、それじゃ家出にならない、と気が付いた。「せめて——時々は電話を入れなさい」

「うん。片山さん、ありがとう」

「どういたしまして」

なぜ礼を言われるのか、よく分らない。

ともかく、充子の方は電話を切ってしまったので、片山としてはそれ以上何も言えなかったのである……。

15 隠れん坊

「朝っぱらからすみません」

と、片山は恐縮して言った。

「いいえ」

栗原の夫人は、少しも面倒くさそうな様子も見せず、「大変ですね。主人はゆうべ徹夜で……」

「え。——じゃ、捜査本部に泊られたんですか！　知りませんで、失礼しました。確認してから伺えば良かったんですが……」

「いえいえ」

と、夫人は笑って、「それならいいんですけど、徹夜というのは〈お絵かき〉ですの」

「は……」

「まだアトリエに清美ちゃんとこもり切りなんですよ。——嫁入り前のお嬢さんと二人で夜を過したりして。ねえ、昔なら、お父様に殺されてますわ」

「モデルごと徹夜ですか」

と、片山は呆れて言った。

「そうなの。モデルの清美ちゃんも大変よね。――もう、絵も仕上げの段階だと思うんだけど、『やはりモデルがいないとリアリティが出ない』なんて言ってるわ。結婚相手の方に恨まれなきゃいいんだけど」

――片山は、市川充子の「家出宣言」の電話の後、ウトウトしていたが、考えてみれば、充子の言った、母親のコラムが新聞に載ったら、他のマスコミも取材に来ることになるだろう、と気付いたのである。

早目に対策を考えておけば、その場になってあわてる必要もない。

夜明け早々、片山はこうして栗原の自宅へやって来たのだった。

――栗原の「アトリエ」は、プロの画家ほど本格的なものではない。明りのよく入る、一般的に「サンルーム」とされている所をアトリエにしているのだ。

「課長。――失礼します」

片山は、アトリエのドアをノックしたが、返事がないのでそっと開けた。

朝の光が少し射《さ》し込んで、中は明るい。

片山はすぐに栗原を見付けた。

一瞬、栗原が襲われたのか――と思ったが、そうではなかった。

栗原は絵筆を持ったまま、眠り込んでいたのである。手もとのパレットの絵具がベッタリとスモックの胸の辺りについて、ちょっと見には、まるで血でも出ているかのようで、ギョッとしたのだった。

「――課長！　――課長、起きて下さい」

と、片山は栗原の肩をつかんで揺さぶった。

「うん……。動くな！」

栗原が舌足らずな声で言った。「動くと……描くぞ」

「課長」

「うん？」

やっと目を開けた栗原は、片山を見て、「何だ。――清美ちゃん、ずいぶんひげが濃くなったな」

「課長！　片山です」

「何だ。――何してるんだ、こんな所で？」

と、目をパチクリさせ、「仕上げ前の絵を見ちゃいかん」

「絵を見に来たんじゃありません！」

「そんな奴は、捜査一課にはいらん」

「それどころじゃないんです！　ちゃんと目を覚まして下さいよ」

何度か押し問答をする内、栗原もやっと今の状況を理解したらしい。

「待ってくれ……。顔を洗ってくる」

フラッと立って、栗原は、「やれやれ……」

と呟きながら、アトリエを出て行った。

「こっちの方が『やれやれ』だよ」

片山はグチって、栗原の描いていた絵を眺めた。

「――腕が上った」

片山も、栗原の絵が上達したことは認めざるを得なかった。

何が描いてあるか分る！　――これは驚くべき進歩と言って良かった。

キャンバスには、〈横たわる後姿の裸婦〉とでも言うべきか、白い肌の女が毛布の上に横たわっている姿が描かれている。

後姿なので、顔も向うを向いていて見えないのだが、何となく、あの矢川清美だろうと思わせる。

「これなら、誉《ほ》めるのに苦労しなくてすみそうだな」

と、片山が言ったとき――。

「フーン……」

と、ため息のようなものが聞こえた。

そして、片山は思い出した。「モデルも徹夜した」と聞いていたことを。

片山はキャンバスからアトリエの奥の方へ視線を移した。

ということは……。

そこには、絵の中の姿そのままに、全裸で横たわる清美が……。

片山はあわてて目をそらした。――いかん！　見てはいけない！　エチケットに反する。

もちろん、「見ないでいる」ことは何でもない。一気に早く打ち始めた心臓も、少し落ちついた。

すると、清美が、

「クシュン！」

と、小さくクシャミをしたのである。

そうか。――いくら暖房が入っているといっても、この冬の朝に裸で寝てたら寒いだろう。

結婚式を控えて、風邪でも引いたら大変である。

「課長……。あの――奥さん」

と、小声で呼んだが、返事はない。

仕方ない。

片山は、後ろ向きに後ずさって、寝ている清美の方へ近付いて行った。

「見るな……。見るな……」

椅子にかけてあったガウンを取ると、寝ている清美にかけてやろうとしたが……。

どう考えても、後ろ向きのままガウンをかけてやろうというのは無理である。

「失礼……します」

目の隅でチラチラと見ながら、清美の上にガウンをかけてやろうとして——何かにつまずいた。

「あ……」

半分体をひねった状態だったので、踏み止まれなかった。

ガウンを手にしたまま、片山はもろに清美の上にかぶさるように倒れ込んでいたのである。

「——何よ」

清美がトロンとした目で、「朝っぱらから、いやねえ……」

「ご、ごめん！　つまずいたんだ！」

片山は起き上ろうと手をついた。——清美の体に。

「ワッ」

手をついたのは、ちょうど清美の胸のふくらみの部分。

「痛いじゃないの」

と、清美は笑って、「抱くなら、ちゃんと抱いてよ」

清美の方も、まだ寝ぼけている。片山のことを、婚約者の有田だと思っているらしく、

「いつもせっかちにしちゃだめ、って言ってるでしょ。もてないわよ」

「あ、あの――」

「もう！　いつの間に私のこと、裸にしたの？　このエッチ！」

と言うなり、清美は両腕を片山の体へ回して、ぐいと抱きしめ、ギューッと唇を押し付けたのである。

「ム……ム……」

違うんだ！　人違いだ！　――片山はそう言ったつもりだが、言葉にならない。

そこへ――。

「やっと目が覚めたぞ。片山、何の用だ？」

と、栗原が戻って来た。

そして、裸の清美の上に覆いかぶさっている片山を見ると、唖然として、

「何をしてるんだ！」

と、怒鳴ったのである。

「――え？」

そのひと声で、清美の方も目が覚めたらしい。「あ、片山さん？」

と、目をパチクリさせ、

「いやだ！　間違えちゃった！」

と、笑いながら、片山をドンと突き放した。

半分、清美の上にのしかかっていた片山は、不安定な姿勢のところを突かれて、もろ、床へ転り落ちてしまった。

そこには、運悪く、デッサン用のギリシャ彫刻風の男性の胸像が置いてあった。――別に栗原がこれでデッサンの練習をしたわけではなく、アトリエらしい雰囲気作りのために、「わざとその辺に置いてあった」のだ。

ゴーン、と音がして、片山は頭をまともにその胸像にぶつけた。

「おい、片山、――大丈夫か？」

と、栗原が駆け寄ると、胸像はパックリ二つに割れ、片山は完全にのびていたのである。

「吉田弓子さんが殺害された件につき、捜査一課の担当刑事に手落ちがあったことは事実であります」

と、栗原は沈痛な面持《おもも》ちで語った。「捜査一課、課長として、深くお詫びをしたいと存じます」

記者会見の席上、栗原は一人でマスコミの前に出て行ったのだった。

「処分は？」

と、質問が飛ぶ。

「考慮中ですが、当時、担当刑事は極度の睡眠不足と過労で、判断を誤ったものと思われ、私の管理ミスという面が大きいと考えられます。従って、責めは私が負うべきものと……」

「その刑事は？　今どうしているんですか？」

「実は……」

と、栗原は表情を曇らせ、「心労のあまり、頭を打って倒れ、目下入院しております」

「心労で頭を？　胃に穴があいたとかいうのなら分りますが……」

「言い方が正確ではありませんでした。言い直します。心労のあまり、倒れて頭を打ち、入院中です」

ＴＶニュースのキャスターは、

「どっちにしても、よく分りませんね」

と、首をかしげた。「ともかく、一日も早く犯人を逮捕するのが、何よりの償《つぐな》いではないでしょうか。――では、次のニュース」

晴美はリモコンでTVを消すと、

「心労で、ね」

と首を振って、「絵のモデルにキスして突き飛ばされ、彫像に頭をぶつけた、なんて絶対に言えないわね」

「わざとキスしたんじゃない！　いてて……」

片山はベッドで呻《うめ》いた。

「それにしても石頭ね！　彫像の方が真っ二つなんて」

「笑いごとじゃないぞ」

と、片山は顔をしかめて、「これも天罰かな」

「やめなさいよ。お兄さんが悩んでばかりいたって、何もいいことないわ」

「しかしな……。こんなけがぐらいじゃ、入院してられない。捜査本部へ戻らないと」

「栗原さんが、わざわざこうして個室まで取って、入院させてくれたのよ。その気持をくんであげなさいよ」

「しかし、呑気《のんき》に寝てるわけには――」

「ニャー」

ホームズがベッドの隅で伸びをした。

「ね、お兄さん」

「何だ？」

「お兄さんがキスした清美さんだけど」

「俺がしたんじゃない！　向うがしたんだ」

「結果は同じでしょ。清美さんと婚約者の二人も、式までの間、狙われる心配があるんでしょ？」

「うん、石津が警護につくことになってる。──そうか。俺もそれに加わろう」

「石津さん一人じゃ大変だものね。栗原さんも、それを考えてお兄さんを捜査本部から出したのかも」

「そう考えれば、気が楽だな」

と、片山は言った。

病室の電話が鳴った。晴美が取ると、

「──あ、栗原さん。──ええ、今、ＴＶで。──兄と代りましょうか。──え？」

晴美は目を丸くして、「──分りました。言っておきます」

「──課長、何だって？」

「それがね」

と、晴美は受話器を置いて、「栗原さんの所に、市川アンヌさんから電話があったんですって。凄く怒ってたって」

「俺のことで？」

「お兄さんが、充子さんを誘惑した、って。どうなってるの？」

「誘惑？　冗談じゃないよ」

と、片山はムッとして、「家出するとは言ってたけど、それは母親のせいだ」

「あちらはお兄さんのせいだと思ってるらしいわよ」

「全く！　——何でいつも俺が損な役回りなんだ？」

片山は起き上ろうとして、「いてて……」

と、頭を押えた。

「寝てなきゃだめよ！　いくら石頭でも、一応ちゃんとMRIを撮って検査するんだっていうから」

「やれやれ……」

片山は枕に頭を落して、ため息をついた。

「——じゃ、また来るわね」

と、晴美は立ち上って、「おとなしくしてるのよ。さ、行きましょ、ホームズ」

「ニャー」

片山は少々心細げに、

「明日、来てくれるよな？」

「何か食べるものでも作って来てあげる。頭を打っただけなら、食事制限もないでしょ」

「うん……」

晴美は出て行きかけて、

「あ、そうそう。——お兄さんの入院は一応秘密だから、名前、変えてあること、忘れないでね」

「聞いたよ。だけど課長も、どうせ変えるのなら、もう少し違う名にすりゃいいのに」

「きっと、考えるのが面倒くさかったのよ。じゃあね」

晴美とホームズは病室を出て、エレベーターへと向った。

「あ、ちょうど来てる」

晴美とホームズが小走りに、エレベーターへ駆け込むと、扉が閉った。

そして——給湯室から、ポットを抱えて廊下へ出て来た少女。

看護婦がすれ違うとき、

「ご苦労様。お父さん、話をされる？」

と訊いた。

「少し。でも、あんまりはっきりとは」

「そう。気長に、焦らないでね」

「はい」

と、微笑んで、少女は廊下を足早に——。

隣の病室の前を通りかかって、

「——あ」

と、足を止め、「へえ……。よく似た名前ってあるのね」

そう呟いて、市川充子は、〈高山義太郎〉という名札を眺め、それからちょっと肩をすくめると、〈菅井幸吉〉の病室へと入って行ったのだった……。

16　ショック

「ご苦労様」

と、市川アンヌは封筒をテーブルに置いた。

「どうも……」

玉木令子は封筒を手早くハンドバッグへしまった。

「後のことも教えてね。〈続報!〉としてやれるわ」

と、アンヌは言った。

「ケーキ、いかがですか?」

長田幸子がやって来てすすめる。

「つい、食べちゃうわね。──私、モンブラン」

「じゃあ、私も……」

と、玉木令子は言って、「アンヌさんのコラムで取り上げられてた刑事さんって──」

「そうよ。この店にも来てた」

アンヌは苛々《いらいら》とコーヒーカップを取り上げたが、空で、「ちょっと！　コーヒー、もう一杯！」

「はい、すぐに」

長田幸子が小走りに動き回る。

「それはともかくね、あの子、出てっちゃったのよ」

「あの子？」

「充子のこと。――家出して、どこにいるか分んないの。本当にもう！　母親の気持なんて分らないんだわ」

「まあ。でも、若いころには一度くらい、誰でも……」

「私はしなかったわ」

と、アンヌは遮るように言った。「親がこんなに苦労して仕事してるのに、人を傷つけるなんて許せない、とか言ってね。何をしたって、他人を傷つけずにすむ仕事なんてないわよ」

「――はい、どうぞ」

幸子が二人のケーキとアンヌのコーヒーを運んで来て、「いらっしゃいませ。――あ、晴美さん」

「ニャー」

ホームズの鳴き声に、アンヌがギョッとして振り向く。

「——あ、どうも」

晴美はにこやかにアンヌへ会釈して、ホームズと二人、隅のテーブルについた。

「お兄様はいかが？」

と、アンヌが訊く。

「おかげさまで、大したことはありません」

「良かった。——誤解しないでね。私、別にあなたのお兄さんに恨みがあるわけじゃないの」

「ええ、よく分ってます」

「充子から連絡はない？」

「ありません。でもご心配なさることはありませんよ」

と、晴美は言った。

「そりゃあ、おたくは何も心配しないでしょうけどね」

「充子さんはしっかりしてますもの。親が思ってる以上に、子供は成長しているものですわ」

「だといいですけどね。——もし、充子から連絡でもあったら、うちへ電話しろと言って下さいな。私、もう行かなきゃ」

と、アンヌは熱いコーヒーをガブ飲みして、立ち上ろうとした。「あなたは？」

「私、もう一つ約束がここで――」

と、玉木令子が言いかけると、

「少し早かったかしら」

と、店に入って来た女性を見て、アンヌは、

「あら」

と言った。

五十代と見えるその女性、アンヌには見憶えがあったのだ。

しかし、アンヌはそのまま玉木令子のテーブルを離れると、晴美たちのテーブルにさっさと席を取って、

「ちょっとお邪魔するわね」

「何ですか？」

と、晴美が目を丸くする。

「私のお客」

晴美も、その女性の方へ目をやる。

「――玉木さん、どうも」

と、その女性は椅子を引いて腰をおろすと、「大分早く着いちゃった。年をとると、

せっかちになってね」

「いいえ」

と、玉木令子は微笑んで、「待ち合せには早く行くものですわ」

「本当にね」

と笑って、「——ここは何がおいしいの?」

長田幸子が早速ケーキを売り込んでいる。

「あの人はね——」

と、アンヌが声をひそめて晴美に言った。「息子の結婚を自分の手で潰《つぶ》しちゃったの。私、取材したのよ」

「その後、博士《ひろし》さんはいかがです?」

玉木令子は、
と訊いた。

「ええ。もう元気になったわ。あの分なら、すぐ彼女のことなんか忘れちゃうでしょう」

と、明るく笑う母親は、とても息子のことを気づかっているとは思えなかった。

「——植田千代《ちよ》っていうのよ、あの人」

と、アンヌがバッグからビデオカメラを取り出しながら言った。

手もとでそっとスイッチを入れ、録画ボタンを押す。

「――これは私の気持。取っておいて」

と、植田千代が玉木令子へ封筒を渡す。

「恐れ入ります」

と、令子は頭を下げ、素早くバッグへしまった。

晴美は、アンヌがしっかりその場面をカメラにおさめているのを見て、感心した。

だが、事はそれでは終らなかったのである。

店に、若い男が入って来た。入口の方へ向いて座っていた玉木令子は、

「まあ、博士さん！」

植田千代が振り返って、

「博士。――どうしたの？」

息子はつかつかと歩み寄ると、

「見てたよ、ママ」

と言った。「この人にお金を渡したね。何のお礼？」

「何を言ってるの？　ただ私は、玉木さんに色々ご迷惑をおかけしたから、そのお詫びにと思って――」

「そうじゃないだろ。僕たちの結婚を潰すのを手伝ってもらった、そのお礼だろ？」

「博士、あなた――」

「まあ、涼子《りようこ》さん」

と、玉木令子が言った。

若いが、いかにもしっかりした感じの女性が入って来た。真直ぐに伸びた姿勢が、不当なものには負けない、という強い意志を感じさせる。

「博士」

と、母親は顔を紅潮させて、「涼子さんとは別れたんじゃなかったの?」

「冷静になってみると、どうもおかしいと思ったんだ」

「私も、式場で博士さんたちがキャンセルして帰ったと聞いて、頭に来たんですけど、よく考えたら、結婚したくないのなら、何もそんな手のこんだことする必要ないじゃありませんか」

と、涼子という女性が言った。「こっそり博士さんに連絡を取って、二人で話し合ったんです。どう考えても、博士さんのお母様の企《たくら》んだこととしか思えません」

「企んだ、なんて! 私を罪人扱いするつもり? 博士! こんなこと言われて平気なの?」

「だって本当じゃないか」

博士の言葉は、植田千代にとってショックだったらしい。顔から血の気がひいた。

「お母様の後を二人で尾《つ》けて来たんです。そしたら、コンサルタントの方と……。ひどいわ。玉木さん、あなたもこんなことしてるって知れ渡ったら、お仕事、やっていけないんじゃありません？」

玉木令子もうつむいたまま。

植田千代の方は、もちろん謝る気などないようで、

「博士、あんたは私を捨ててその女を取るって言うのね。そんな子じゃなかったのに！その女にいいように操られてるのよ！　今にきっと後悔するよ！」

と、声高らかに宣言すると、立ち上って店を出て行った。

「――やれやれ」

と、博士がため息をつく。

「どうするの？」

「どうもしない。その内分るさ」

と、博士は言って、「玉木さん――」

「すみません」

と、玉木令子は頭を下げた。

「いや、母がいけないんです。――というより、僕がいけないのかな。母が費用を出してたんですものね。キャンセルするって言われれば仕方ない。今度は、ちゃんと僕自身

のお金で——大して持ってないけど、やろうと思います」

「でも、反省していただきたいわ」

と、涼子が玉木令子のテーブルにつくと、「その上で、私たちの出せる予算内で、地味な式を考えてもらえます？」

「もちろんです！　やらせて下さい。お金はいりません。——気が咎《とが》めていたんです。償いをさせて下さい」

「じゃ、お願いするわ。ね？」

「うん。よろしく。でも、規定の料金は取って下さい」

「いえ——お母様からいただいた、今のお金、お返しします」

玉木令子は、バッグから封筒を取り出してテーブルに置いた。「お二人が——特に博士さんが、きっぱりとおっしゃったのを見て、安心しました。私も、コンサルタントとして、お二人が幸せになって下さるのが何より嬉しいんですから」

「ありがとう。僕も、あのことがなかったら、いつまでも母の手の中から出られなかったかもしれません」

「このお金、お二人の式の費用にあてて下さい」

「——どうする？」

と、博士が涼子の方を見る。

「あなたのお金よ。あなたが決めて」

と、涼子に言われ、博士はちょっと背筋を伸して、

「じゃあ……こうしましょう。この三人で、このお金を分ける。ですから、三分の一は玉木さんが取って下さい。残りの三分の二は、式の費用に」

「分りました」

と、玉木令子は微笑んだ……。

――晴美は、アンヌが一部始終をビデオカメラにおさめるのを見ていた。

「――こんな結末になるとはね」

と、アンヌはカメラをバッグへ入れ、「今が一番いいときだわね」

「それは考えようでは？」

と、晴美は言った。

式の詳細を打ち合せ始めた三人のテーブルをチラッと見て、アンヌは立ち上り、

「お邪魔さま」

と、晴美に会釈して、風を巻き起こさんばかりの勢いで店を出て行った。


工事現場か、ここは？

――片山は、頭の周囲にハンマーで鉄板を叩くような音が鳴るので、顔をしかめた。

トンテンカン、トンテンカン、ダダダダ……。

まるきり地下鉄工事中のトンネルの中へ頭を突っ込んだようなやかましさである。

これが、最新の、何だかよく分らないが、超音波で頭の中身（できの方ではない）を調べる、MRIとかいうやつなのである。

片山も前にCTスキャンを受けたことがある。寝たままの状態で、特大のドーナツの穴に頭を突っ込む辺りはよく似ている。しかし、このやかましさと来たら――。

何でもなくても頭痛が起きそうである。

「――はい、どうもお疲れさま」

と、担当技師の声が聞こえて、片山は「ドーナツの穴」から解放された。

頭を固定していた枠を外してもらい、起き上ると、少しめまいがした。

「大丈夫ですか？」

と、技師が笑って、「大分緊張してましたね」

「ええ、まあ……」

「きれいな画像がとれてますよ。後で担当の先生から説明があるでしょう」

「どうも……」

「少し休んでから病室へ戻って下さい」

片山は廊下へ出て、待っているときに座っていた長椅子に、もう一度腰をおろした。

医学の進歩は大したものだが、入院というもの自体の重苦しさはどうしようもない。

もちろん、片山などは転げ落ちて彫像と「衝突」したという単純なことで、何もこんな大げさな検査を受ける必要もないのだが。

栗原が色々気をつかってくれているのだから、それを拒むのも大人げないというものだ。

――片山はトイレに行きたくなって、左右をキョロキョロ見回した。

通りかかった看護婦が、

「どうかなさいました？」

「あの――トイレはあります？」

「この先の左手ですよ」

「どうも」

片山はノコノコと歩いて行って――左手のドアを開けた。

看護婦は、まさかトイレと書いていないドアを開けるとは思っていなかったのだろう。トイレはもう少し先だったのだが――。

そこは何だかＴＶ局のモニタールームみたいな所で、白衣の二人が、コンピューターのディスプレイを覗き込んでいた。

さすがに片山も、ここがトイレでないことは分った。ここであのＭＲＩの画像とやらを見ているらしい。

一人は片山の担当医、もう一人はさっきの技師である。

二人は何やら熱心に話し込んでいて、片山に気付いていなかったので、片山はこれ幸いと、そっと出て行こうとした。

すると、

「晴美――」

という言葉が聞こえて、片山は足を止めた。

晴美？　――何のことだ？

片山はつい聞き耳を立ててしまった。

「どれくらいだって？」

と、医師の言うのが聞こえた。

「そうですね。もって半年ってところだと」

「俺もそんなものじゃないかと思う。もうどうにもならないな……」

――片山は廊下へ出ると、

「もって半年？」

と、呟くように言った。「――もって半年だって？」

トイレに行きたかったのも忘れて、片山はフラフラと歩き出した。

もって半年……。

「——そんな馬鹿な」

俺が何をしたって言うんだ？　頭をぶつけたくらいで、「もって半年」なのか？

ただでさえ病院の中、迷子になりそうな片山なのに、ふしぎに自分の病室へ辿り着いていた。

ドアを開けようとしていると、隣のドアが開いて、ポットをさげた女の子が出て来た。

「今日は」

「どうも」

と、挨拶をして——。

「片山さん！」

と、目を丸くした少女は、「何してるんですか、ここで？」

「君……。市川充子君か」

「ええ。ここじゃ、父の付添い。——それじゃ〈高山義太郎〉って、片山さんのこと？」

充子は笑って、「何だかよく似てる名前の人だなあと思ったの。片山さんだったなんて！　でもどうして入院してるの？　何だか——顔色良くないけど」

「いや……何でもない」

と、片山は首を振った。「何でもないんだ、もうどうにもならないんだから……」

「え？」

「いや、いいんだ」

片山は何とか平静を装って、「君……この隣が……」

「父の病室」

「お父さんって――あの須貝浩吉さんが」

「ええ。名札、見て」

片山は〈菅井幸吉〉となっている名札を見て、

「ああ、なるほど。これなら別人みたいだな。僕のは手抜きで」

何しろ栗原の命名だ。文句を言うわけにもいかない。

だけど、どうして半年なんだ？

「――そうか」

きっと、もともと脳に何かあったのだろう。ＭＲＩをとって、それが偶然見付かった。

もう手の施しようがないのだろうか。

儚《はかな》い人生だった……。

「片山さん、大丈夫？」

「え？　ああ――。大丈夫だよ」

「今、『儚い人生』がどうとか言ってたわ」

知らず知らず、口に出して言っていたらしい。

「ちょっとね……。昨日TVで見た映画の中のセリフを思い出して」

片山は何とか自分を取り戻した。「充子君。お母さんに連絡したのかい?」

「いいえ、元気だってことは分ってるからいいの。でも、ここの費用、お母さんが払ってるのにね、自分じゃ見舞いに来ないから、私がいるって知らない。おかしいわね」

「そうだね。――それで、須貝さん、どんな具合?」

「意識はあるのよ。ただ……」

と、充子は言った……。

――そっと病室のドアを開け、

「お父さん、寝てる?」

と、充子は声をかけると、

「寝とらんよ。――弥生、お茶をくれるか」

「うん。お父さん、こちらね、片山さん」

充子は、おずおずと入って来た片山を紹介した。

弥生が殺されたとき、片山にも会っているのだ。――片山の顔を見て、須貝も充子を弥生と取り違えていたことに気付くのではないか、と……。

だが、充子の願いは儚く消えた。

「そうか。――弥生も彼氏を連れて来るようになったか」

と、須貝は肯いて、「こっちへ。――片山君というのかね」

「はあ……。よろしく」

「弥生は、もう十八だが、このごろの女子高生とは違って、軽々しく男と遊んだりしとらん。その点は言っておく」

須貝の言葉には、一種の誇りが感じられた。

「お父さん、片山さんは別に……」

と、充子が言いかけると、

「遠慮することがあるもんか。今どき、十八歳で、まだ男を知らんのだ」

「お父さん！」

「隠すことはない。これは自慢していいことなんだ。今は逆に処女だと恥ずかしいなどと言う者さえいる。全く嘆かわしい！」

そして片山の方へ、「片山君。君も結婚するまでは、決して娘に手を出さないと誓ってくれ」

「お父さん、ご迷惑よ。こちらは――」

「誓いますよ」

と、片山は言った。

ここは合せておく他ない。

「それでこそ、弥生の彼氏だ。――弥生。なかなかいい人を見付けて来たじゃないか」

充子は、少し頬を染めた。

17　晴美の当惑

「オス！」

病室のドアを開けて、晴美が顔を出す。「起きてる？」

ベッドでは片山が——。

「お兄さん。——寝てるの？」

ベッドを起こした形で、片山はじっと窓の方を見ている。

「目は開いてるけど……。お兄さん？」

すると、片山はゆっくりと晴美の方へ向き、

「お前か」

「悪かったわね、妹で。誰か他に来てほしい人でもいる？」

「ニャー」

「ホームズも来たのか」

「夕ご飯、おいしいとは言えないでしょ。ほら、高いお弁当を買って来てあげた」

と、包みを開く。「——どう？　大奮発したのよ」

「ありがとう」

と、片山は肯いて、「味わって食べるよ。もう……二度と食べられないかもしれないからな」

「大げさね。こんなもので良けりゃ、また持って来るわ」

「いや……。できたら、お前の作った料理が食べたいな」

「私の？　——また変ね、今日は。どうしたの？」

「いや、どうもしない」

と、片山は首を振って、「何か変ったことは？」

「そうそう！　それがね——」

晴美は、あのケーキ屋さんで目撃した、母と息子のドラマチックな戦いの話を聞かせてやった。

「市川アンヌは、またこれで話のネタを手に入れたってわけね。大した人だわ」

と、晴美が言うと、

「先生は何だって？」

「——え？」

「お医者だよ。話を聞いて来たんだろ？」

「私が？　どうして、私が聞くの？　お兄さんが聞けばいいじゃないの」

「しかし、当人には言いにくいだろう……」

「当人には？　どうしたの？」

「いや、何でもない」

「そういえば、今日、ＭＲＩとかいうの、受けたんでしょ？　どうだった？」

「うん……。まあ、どうってことないと……」

「でしょ？　石頭なのよね、我が家は代々。あれくらいのことで、どうなるってもんじゃないわよ」

片山はなぜか晴美をまじまじと見て、

「ありがとう。――知らないことにしようって決めたんだな。分るよ」

「いいんだ、忘れてくれ。――ホームズ。お前も長生きするんだぞ」

「知らないこと？　何を？」

「ニャー……？」

ホームズも首をかしげているのだった。

「お兄さん、何か悪いものでも食べた？」

「顔色が悪いか。そうだろうな、何しろ半年なんだ」

「半年って？」

「いいんだ。知らないことにしよう」

晴美は首をかしげた。——いつもの兄とは何だか違う。

「——石津さんは、あの矢川清美さんのガードをしてるわ。お兄さん……その調子じゃ、石津さんの代りは無理ね」

「そうだな」

片山は肯くと、「俺はしょせんお前の兄だ。石津の代りにはなれない」

「何の話よ?」

「お前……。石津と結婚するのか」

晴美は目を白黒させて、

「そんなの——分んないわよ。当分先。まだ早いわ」

「だけど、時間が——」

「時間? 時間がどうかした?」

「——まあいい。でもな、晴美、俺はお前の花嫁姿を見たかった……」

と言って涙ぐんでいる片山に、晴美はホームズと顔を見合せたのだった……。

「——ああ、片山さんの妹さんですね」

と、担当医師は肯いて、「看護婦が話してました。えらく頭のいい猫がいつも一緒だとか」

それを聞いたホームズが、ちょっと得意げに胸をそらした。

「で、何か僕にご相談とか？」

「お忙しいのにすみません。あの——兄のことなんですが、検査の結果で何か問題があったんでしょうか？」

「今日、ＭＲＩをやったんでしたね。いや、特に問題はありませんでしたよ」

「そうですか」

晴美はホッとした。——大方、変な夢でも見たんだわ、お兄さんたら。

わざわざ担当医の手が空くまで、ホームズと二人で待っていたのである。

「——ま、ちょっとね、うちのＭＲＩの機械が古いんで、細かい部分がもう一つよく映らないんです。でも、特に頭痛があるとか、手足のしびれがあるということはないようですから、問題ないと思います」

「そうですか」

「早く買い替えてくれと言ってるんですがね……」

と、医師は机の上のパンフレットを指で叩いて、「昨日、晴海でね、医療機器の展示会があって、新型機のパンフレットを集めて来たんですよ。でも、何億円もするものなんでね」

「まあ、そんなに！」

「上の方は渋ってるんですが、今の機械はもう半年ぐらいしかもたないとメーカーから言われてるんです」

「そうなんですか」

晴美はあまり熱心に聞いていなかった。この病院の経営状態を聞いても、どうにもならない。

「――お邪魔しまして」

と、晴美は礼を言って、立ち上った。

廊下を出て、

「何なのかしら？　全く、人に心配かけといて」

「ニャー」

「ねえ、ホームズ。お兄さんったら、今にも死にそうなこと言って……」

晴美は肩をすくめて、「ありゃ長生きするわよね。あんたもそう思うでしょ？」

「ニャン」

二人の意見は完全に一致していた。

「――さて、帰ろうか。もう一度、お兄さんの病室を覗いてみる？」

文句は言いつつ、やはり片山のことは気になる。――どうせ大した手間でもない。

晴美とホームズは、片山の病室のドアを開けて——。

「はい、アーンして」

と、片山が口を開けたところへ、晴美の買って来た弁当を食べさせているのは……。

「まあ、充子さん！」

「あ……。晴美さん。もう帰ったって片山さんが……」

「まだいたのか」

「悪かった？」

「そんなこと言ってない」

「でも——充子さん、何してるの？」

晴美は、隣の病室に須貝がいるという事情を聞いて、

「それは分ったけど——どうしてお兄さんにお弁当を食べさせてるの？」

「いや、ただ親切で言ってくれたのさ」

と、片山は言った。

「あらそう。じゃ？　私とホームズの見舞なんか必要ないようね」

と、晴美は腕組みして言った。「ね、ホームズ、帰りましょ」

「ニャー」

「ホームズも呆れたって言ってるわ」

「私、そんなつもりじゃ……」

と、充子は立ち上った。

「いいんだよ」

と、片山が言った。「晴美より、君に食べさせてもらった方がおいしい」

「片山さん――」

「あらそう！　お邪魔しました」

晴美はさっさと病室から出て行って、ホームズは、危うく閉るドアに挟まれるところだった。

「――片山さん。いいの？　晴美さん、怒っちゃったわ」

充子が心配そうに、「やっぱり、晴美さんに食べさせてもらえば？」

「君がいやだって言うのなら、自分で食べるよ」

「そんなことないわ。でも――」

「いいんだ。晴美も、僕がいなくなっても大丈夫なように、慣れさせておかなくちゃ……」

「いなくなっても、って？」

「いや、何でもないんだ。気にしないでくれ。――もう少し食べようかな」

「お茶もいれる？」

「うん、頼むよ」

「じゃ、待って。ぬるくなったから、いれ直してくるわ」

「すまないね」

「いいえ」

充子は微笑んで、「片山さんのためにお茶をいれてあげられるなんて、嬉しいわ」

と、病室を急いで出て行く。

——片山は、一人になると、深くため息をついて、天井を見上げた。

もちろん、晴美を怒らせたかったわけではない。しかし——何しろ「あと半年」なのだ。

晴美にそれとなく、「兄がいなくなったときの覚悟」をさせておかなくてはならない。

もっとも、それと充子に弁当を食べさせてもらうことがどうつながるのか、片山自身もよく分っていなかった。要するに、片山もショックで混乱しているのである。

「だけど——俺の人生は何だったんだろう？」

と、片山は呟いた。

そうだ。俺の人生を振り返ってみよう。色んな出来事があり、いくつもの出会いがあった。

一番大きな出会いといえば、やはりホームズとのそれ、ということになるだろうか。

むろん、晴美は別だ。それと石津か。

石津との出会いは、片山家の食費にかなり大きな違いを生じさせたに違いない。ケチなことは言いたくないが、晴美と結婚するというのならともかく、結局せずじまいだったら、米代を返してほしいくらいだ。

しかし――まあ、どうせ「あと半年」なんだ。俺がそんな先のことを心配してもしようがない。

晴美の奴はしっかりしてる。俺がいなくなっても、ちゃんとやっていくだろう。

ホームズだって……。あいつは大体いつもクールだ。石津の奴が一番悲しんでくれるかな。

いや、俺がいなくなれば、もう誰に遠慮もなく晴美に求婚できるわけだから、結構喜ぶかもしれない。

「いい人でしたけど、まあいなくても大して変りませんね」

とか言って。

「手間ばっかりかかったから、清々したわよ」

と、晴美なんか大いに解放感に浸っていたりして……。

そうか。俺は邪魔者だったのか。

――勝手な想像をしている内に、一人、ふてくされている片山だった。

充子は、給湯室でポットに熱いお湯を入れると、片山の使っている湯呑み茶碗をザッと洗った。

家で洗いものなどほとんどしない充子だが、こうしていると、好きな人の世話をやくのが楽しいという気持を、少しは味わえる。

もちろん、片山のことを本気で好きかどうか、自分でもはっきり分っているわけではない。

漠然とした憧れ？　――でも、そんな対象には、あの人は少し向かないようでもある。心がときめくというより、安らいでしまう。そんな人なのである。

「もう少し、年齢が近かったらね」

と、充子は呟いた。

そして、ポットを手に給湯室を出ようとして、充子はあわてて中へ戻った。

廊下をやって来るのは、確かに母、アンヌだったのである。

アンヌは、須貝の病室の前を、そのまま素通りしかけたが、少し行ってふと足を止め、戻って名札を見ている。

どうやら、自分が別名で須貝を入院させたのに、その名前を忘れていたらしい。やっと納得した様子で、アンヌは病室のドアを開け、中へ入って行った。

「結構な部屋ね」

と、アンヌは病室の中を見回して、「私の寝室より、よっぽど広いわ」

これを自分が払っているのだと思うと、少し「もったいない」という気にもなり、また、須貝の面倒をみてやっているという満足感も味わえた。

「でも――いつまでここにいることになるのかしら」

と、アンヌは、須貝の寝顔を覗き込んだ。「まさか……。このまま十年も寝たきり、なんてこと、ないでしょうね」

アンヌ自身だって、老後の心配をしなくてはならない。いくら充子の父だといっても、いつまでも面倒を見る義務はないだろう。

とはいえ、一旦こうして入院させてしまった以上、放り出すというわけにはいかず、その点、アンヌは少々後悔していた。

「もう少し、安い病室へ移ってもらうって手もあるわね」

と、アンヌは呟いた。

すると、突然、須貝が目を開けたので、アンヌはびっくりして、声を上げた。

須貝の意識はまだ戻っていないと思い込んでいたのだから、びっくりするのも当然だろう。

「ああ、びっくりした！　起きてたの？」

と、アンヌは訊いた。

須貝は、しばらくアンヌを見つめていたが、

「誰だったかな？」

と、かすれた声で言った。

「え？」

「あの子は――どこへ行ったのかな。知らんかね」

「あの子……」

「弥生だよ。娘の弥生だ」

アンヌは、須貝が死んだ娘の夢でも見たのだろうと思った。

「今……ちょっと出かけたみたいですよ」

「そうか。――男の所かな」

「男……」

「うん。弥生はな、恋をしてるんだ。男に夢中で……。つい、何日か前に会ったばっかりの男の方が、何十年も育てて来た父親より大切らしい。――子育てなんて、空しいもんだね」

「そうですね」

――どうやら、記憶が欠落したり、色々入れ違っているらしい。

アンヌのことを憶えていないというのは、

「ちょっとひどいんじゃない？　誰がここの費用払ってると思ってんのよ」

と言いたくなったが、下手に思い出されて、また、

「お前のせいで――」

なんて食ってかかられた日にゃかなわない。

ま、これはこれでいいか。

「弥生は、優しいいい子だ。――なあ、そう思うだろう？」

「ええ、まあ」

と、適当に合せておく。

「あの子が……。あの優しい子が、何て言ったと思う？」

「さあ。何です？」

「父親に向って、こう言いおった。『お父さんは私のことなんか愛してないのよ。結局、自分の身が可愛いだけなんだわ』とな……。ひどい言い分だと思わんかね。あの年齢まで、必死で娘を育てて来た父親に対して……」

「そうですね」

「弥生は変っちまった。あの男と会ってから、人が変ってしまったんだ。あんなに素直な、いい子だったのに。――いい子だったのに……」

　そうくり返すと、須貝は目を閉じた。

そのまま眠りに入っていきそうだ。

アンヌは、ベッドからそっと離れた。

バッグの中で、ケータイが鳴り出し、あわててアンヌはバッグの中へ手を入れて取り出した。

「——もしもし？　——あ、玉木さん」

アンヌは、そっとドアを開けて廊下を見回すと、「——もしもし、ごめんなさい。今、病院にいるもんだから。——平気よ。見付からなきゃ大丈夫」

廊下へ出ると、アンヌは休憩用のソファの置いてある一画へ行って腰をおろした。

「——何だっていうの？　——ええ、録画したわよ。正にドキュメント。面白いじゃないの！」

アンヌの表情が変った。「——何ですって？　ちょっと待ってよ！　そりゃあなたが職業的倫理観に目覚めて、今までのことを後悔するのは勝手よ。でもね、これまで、私からちゃんとお金を受け取ってたのを忘れないで。あれは純粋な商取引だったのよ」

アンヌが自信満々の口調で言った。

「——ちょっと待って！　——いいわ。分ったわよ。今からそっちへ行くから。——え？　どこにいるって？　Kホテル？　——ああ、あの二人のことでね。——Kホテルのどこ？〈1202〉ね。じゃ、すぐ行くから、待ってて」

アンヌはくり返して、「いい？　私が行くまで待ってるのよ！」

と、念を押すと、通話を切った。

そして、苛々と、

「冗談じゃないわ、全く！」

と、グチると、急ぎ足でエレベーターの方へ向った。

須貝の隣の病室――片山の病室のドアが開いて、充子が顔を出した。

「――お母さんの声、大きいんだから。あれでも、こっそりしゃべってるつもりなのよ」

と、充子は言った。

「何かあったのかな」

と、片山もベッドを出て来て、一緒に廊下を覗いた。

「玉木さんって、あのコンサルタントよね。あの人と言い合ってた」

「そういえば、晴美が何か言ってたな」

「え？」

「――今の話、あんまり友好的な感じじゃなかったな」

「ええ。でも、まさか……」

「玉木令子は、君のお母さんに、ネタを提供してたんだろ？」

「ええ」

「玉木令子がそれにいや気がさして、やめようとしてる。君のお母さんは怒ってたね」

「あの様子だと——たぶん、玉木さんが、お母さんに色々情報流してたことを、どこかに告白するつもりじゃないかしら」

「それは君のお母さんにとっちゃ困ることだな」

「評判が……」

「違法じゃないとしても、倫理的にみて、非難されるだろう。——どうも気になるな」

片山は充子を見て、「〈Kホテル〉って言ったかい?」

「Kホテルの〈1202〉」

片山はちょっと迷ったが、

「後を追って行ってみようか」

「ええ! でも——」

「大丈夫だ」

片山は、急いでパジャマの上にコートをはおり、引出しから財布を出すと、「さあ、行こう!」

「はい!」

充子は、片山の腕を取って、弾むように走り出した。

18　花嫁人形、再び

「ハクション！」

「片山さん……。寒いでしょ」

と、充子が心配そうに言った。

「——大丈夫！　もうすぐだ」

片山と充子は、高層ビル街の中を足早にKホテルへと向っていた。

タクシーに乗ったのだが、たまたま選んだ道が工事中で、大渋滞。これではいつ着くか分らないというので、片山が、

「降りて歩こう！」

と言ったのである。

そう遠くはない。せいぜい歩いて二十分。

しかし、ただでさえビル風と呼ばれる、高層ビル街特有の強い風に加えて、北風が吹きつける夜、パジャマにコートという格好の片山は凍《こご》えてしまいそうだった。

手間取っても、ちゃんと着替えて出てくるべきだった。——そう思っても遅い。

タクシーを降りて歩こう、と言い出したのも自分である。文句は言えない。

急いで歩けば、あったまる！

片山はKホテルへと、ほとんどマラソン状態で急いだが、今度は息が切れて倒れそうになる。

「片山さん。しっかりして！」

「大丈夫だ……。あと少し……」

助け合って走る二人。——当人たちは必死だが、はた目には妙な姿だったろう。やっとKホテルの正面玄関を入り、暖いロビーへ入ると、片山も充子も息も絶え絶えの有様。

ベルボーイが心配して、

「どこか、お具合でも？」

と、やって来たくらいである。

「いや、大丈夫。——エレベーターは？」

「あちらの奥です」

「ここへ持って来てもらえないかな」

「は？」

「いや、冗談だよ……」

喘《あえ》ぎ喘ぎジョークを言うのも、珍しいことかもしれない。

ともかく、二人はエレベーターに辿り着くと（正に辿り着くという感じだった）、〈1202〉号室へと向ったのである。

「——十二階ね」

と、充子がボタンを押した。

片山は、エレベーターの隅にもたれて、

「エレベーターにも、椅子をつけてほしい」

と言った。

十二階で降りると、

「どっちに行くのかしら。——片山さん、ここで待ってて」

エレベーターホールから廊下へ出た所に、案内図がある。充子はそれを見に駆けて行った。

片山は、エレベーターを出た所で待っていたが、寒い所から暖い所へ出て、鼻が刺激されたのか、猛烈なクシャミに襲われた。

「クション！　クション！」

ほとんど発作と呼んだ方がいいようなクシャミが十回以上も連続した。

やっとおさまったものの、喉はヒリヒリ痛むし、胸は痛くなるし、何だかグッタリと疲れて、壁にもたれていないと、立っているのも辛い。

「片山さん！　大丈夫？」

充子が戻って来た。

「何とか……生きてる」

クシャミで死んだ人間というのは聞いたことがない。

「部屋、分ったわ。こっちよ」

充子が片山の腕を取る。片山はよろけそうになりながら、歩き出した。

「だけど、あの玉木令子って人、どうしてこんなホテルの部屋を借りてるんだろう？　打ち合せなら、ラウンジ辺りですみそうだけどな」

「そうね」

〈１２０２〉の前で足を止めると、片山は、

「開いてる」

と言った。

部屋のドアが細く開いている。――自動的に閉るはずだが、何かが挟まっているのだ。

「片山さん……」

と、充子が言った。「靴が――」

靴の先が挟まっているので、ドアが閉じないのだ。

充子がドアのノブをつかんで開けた。

挟まっていたのは、女ものの靴だった。片山は明りの消えた部屋の中を覗いて、

「充子君、君は廊下へ出てた方がいい」

と言った。

「でも……」

「明りをつけるよ」

片山が手探りで明りのスイッチを押した。

「――これって、何？」

と、充子が言った。

挟まっていた靴のもう片方が、ドアからずっと離れた床に転っている。そして、セミダブルサイズのベッドが二つ並んだその間から、女性の足が覗いていた。

誰かが、ベッドの間に倒れている。

「お母さん？　まさか――」

と、充子が息をのんだ。

片山は、それが見える位置まで来て、足を止めた。

「違う。君のお母さんじゃない」

片山の言葉に、充子は胸に手を当て、息をついた。

「じゃあ、玉木さん？」

「そうでもない。――充子君、君、部屋を出て、エレベーターの所にあった内線用の電話で、フロントへかけてくれないか」

と、片山は言った。「すぐにここへ来てくれるように。それから警察へ通報してくれと」

「はい。――この部屋の電話じゃ、だめなの？」

「犯人が使っている可能性もある。ドアを開けるとき、ノブに触らないように」

まだ靴が挟まっているので、ノブに触らなくても、開けられる。

「はい。――片山さん、その女の人……」

「見ない方がいいよ」

しかし、充子は見てしまった。

血に染った服、そして、死体にのせられたあの花嫁人形を……。

「お兄さん！　何してるのよ、こんな所で？」

晴美は、〈１２０２〉に入るなり、片山に向って文句を言った。

「成り行きだ」

片山としては、他に言いようがない。

「せっかく入院してたのに、殺人現場でウロウロして……。でも——」

晴美が足を止める。「こんなひどいこと！」

ホームズが、晴美の足下へやって来る。

「知ってるな、この女性」

「うん、——野口《のぐち》涼子さんだわ」

「お前が話してた……」

「そう。玉木令子さんが改めて結婚させようとしてた、あのカップルの女性だわ」

晴美は、膝をついて、「あの人形が？」

「のせてあった」

「分らないわ。どうしてこの人が？」

片山は首を振って、

「この部屋を借りたのは玉木令子だ。そして、市川アンヌがここへやって来ることになっていた」

片山は、晴美を促して部屋を出た。

鑑識が到着して、すでに捜査が始まっている。

片山は、市川アンヌの電話を聞いて、心配になってここへ駆けつけた事情を説明した。

「だけど——」

と、晴美が言いかけたとき、

「どうなってるんだ！」

と、聞き憶えのある声がした。

「課長――」

「入院してることになってるお前が何をしてる？」

と、栗原は顔をしかめて、「もう、捜査が入ってるんだ。早く病院へ戻れ。晴美君、兄貴を連れ出してくれ」

「はい。すみません」

「待ってくれ。あの子も一緒なんだ」

「充子さん？　どこにいるの？」

「下のロビーで待ってるはずだ」

と、片山が言うと、

「通してよ！」

と、甲高《かんだか》い声が聞こえて来た。

「あの声……」

と、晴美が言った。「――ね、お兄さん」

「そうだな」

「ちゃんと約束があるのよ！」

と、制止する警官を押しのけて廊下をやって来たのは、市川アンヌだったのである。

「――あら」

と、アンヌは片山たちを見て足を止めた。「何ごとなの？　私、〈１２０２〉で、玉木さんと会うことになってるの」

「今、着いたんですか？」

と、片山は訊いた。

「そうよ」

「しかし、もっと早くここへ……」

「そのつもりだったけど、途中、ケータイに急な連絡が入ったの。そっちへ先に回ったら、遅くなったのよ」

と、アンヌは言って、「――でも、どうしてそんなことを知ってるの？」

片山は答えに詰った。

アンヌは、

「一体何があったの？」

と、〈１２０２〉号室の前に立っている警官を、ふしぎそうに眺めたのである。

晴美は、ホームズと二人でホテルのロビーへ降りると、市川充子の姿を捜した。

「どこにいるのかしら？」

晴美はロビーの中を散々歩き回って、ため息をついた。「――くたびれた！」

と、空いたソファに身を沈め、

「ホームズ、私、ここで休んでるから、あんた一人で捜して来てよ」

「ニャー」

ホームズが不満げに鳴いた。すると、

「ホームズ？」

晴美とちょうど背中合せのソファから、ヒョイと当の充子の顔が覗いたのである。

「そこにいたの！　捜してたのよ」

「すみません」

充子は恐縮して、「ちょっと考えごとをしてたら……」

「マスコミが来たらうるさいわ。兄と一緒に出ましょう。兄は地下の駐車場で待ってる」

「はい。あの――母は……」

「今しがたみえたわ。途中、どこかに寄ってたんですって」

「何だ……。心配して損した」

と、充子は拍子抜けの様子。

「さあ、行きましょう」

と、晴美は促した。

「はい」

充子は晴美たちと一緒にエレベーターへ向った。

「――片山さん、パジャマにコートなんで寒いと思いますけど」

「栗原さんが車のキーを渡したわ。この寒いときにね、全く！」

と、晴美は苦笑した。

駐車場に出ると、晴美は、

「お兄さん！　――どこ？」

と呼んだ。

声が反響する。少し間があって、

「おい、ここだ」

と、片山が車の間から手を振るのが見えた。

「早く出ましょう。そろそろマスコミが駆けつけて来るわ」

と、晴美は助手席に座った。

「ホームズ、私と一緒でいいでしょ？」

充子がホームズを抱いて後部座席へ、片山はエンジンをかけて、

「いいか？」

「ええ。運転できる？　その格好で」

「任せとけ」

片山は車を出した。「少しゆっくり行くぞ」

「どうして？」

「その方が——安全だろ」

片山は分ったような分らないようなことを言いながら、駐車場の出口へ向った。

出口は急な上り坂になっていて、通りへ出た車は大きくバウンドした。

「キャッ！」

——晴美は眉をひそめて、

「今、ホームズが鳴いた？」

「いいえ」

と、充子が首を振って、「何か聞こえましたね」

「ねえ」

「気のせいだろ」

と、片山は言って車を走らせる。

――TV局の車が、何台もすれ違って行く。

「誰があの人を殺したんでしょうね」

と、充子は言った。

「あのカウンセラーの玉木令子が姿を消してるわ」

と、晴美は言った。

「玉木令子が犯人なんでしょうか?」

「分らないけど、とりあえず疑われても仕方ないわね」

「ニャー」

ホームズが鳴いた。

「どうしたの?」

晴美がホームズの方を振り向いて、「何か言いたそうよ」

「ホームズ、何だか落ちつかないわね」

「ニャー……」

ホームズはなおも二、三度鳴くと、座席にペタッと座り込んだ。

片山が言った。

「しかし、玉木令子が犯人なら、どうしてあんな所で殺したのか。――自分で借りた部屋だぞ。逃げれば疑われるに決ってるだろ」

「市川アンヌさんは、遅れて来て、却《かえ》って良かったわね」

と、晴美は言った。

「ええ……」

充子は、何となく曖昧に呟いて、車が走り過ぎる夜の町へと目をやった……。

19　病んだ魂

「寒かった！」

片山は病室の前で、充子へ、「君も休めよ」

と声をかけた。

「ありがとう」

充子はホームズの方へ、「おやすみ、ホームズ」

と手を振って、須貝の病室へと入って行った。

「また、充子さんに『アーン』て食べさせてもらえばっ」

と、晴美はからかって病室へ入ると、

「——どうしたの？」

片山は一旦脱いだコートをまたはおったのである。

「お兄さん——」

「しっ。一緒に来てくれ」

片山は病室を出ると、静かにドアを閉めた。

晴美は首をかしげつつ、ホームズと一緒に兄の後をついて行く。

片山は病院の外へ出ると、さっき駐車場に停めた栗原の車へと急ぐと、キーでトランクを開けた。

「もう大丈夫ですよ」

トランクの中から喘ぎ喘ぎ起き上ったのは、何と玉木令子だった。

「すみません……」

と、何度も息をついて、「車のトランクに隠れるって——映画じゃよくあるけど、こんなに大変なものだなんて……」

玉木令子は片山に腕を取られて、やっとトランクから出ると、

「もう……体がバラバラになりそう」

「呆れた」

と、晴美が苦笑して、「こんなことなら、ちゃんと座席に乗せてあげれば良かったのに！」

「いえ、私がトランクにってお願いしたんです」

「どうして？」

「片山さんたちだけなら……でも、充子さんがいたので」

「ともかく中へ入ろう」

と、片山が促した。

病院の中へ戻ると、人目につかないように用心しながら、片山の病室へ。

「——ありがとうございました」

ソファにかけて、玉木令子は息をついた。

「一体どういうことなんです」

と、晴美が訊く。

「怖くて、私……。逃げ出して来てしまったんです」

「怖いって……」

「あの部屋で、野口涼子さんが殺されていて、花嫁人形が……」

そう言って、玉木令子は身震いした。

「あなたがやったんじゃないのね」

晴美の言葉に、令子は青ざめて、

「やっぱりそう思われてるんですね！　ああ！　もうだめだわ！」

と、両手で顔を覆う。

「落ちついて、あなたが犯人だと決めつけてるわけじゃありませんよ」

と、片山は言った。

「そうねえ。自分で借りた部屋で殺したりしないわね、普通」

と、晴美は肯いて、「でも逃げたりすれば疑われますよ」

「それは分ってますけど……」

「怖くて逃げたくなるのも分る」

と、片山は言った。「なぜあの部屋を借りたんです？」

「私が使うわけじゃなかったんです」

と、令子は言った。「野口涼子さんに頼まれて……」


「――さあ、ルームキー」

と、令子はホテルのコーヒーラウンジで待っていた野口涼子の前にキーを置いた。

「すみません」

涼子が少し頬を赤らめる。「自分じゃ借りにくくて」

「こんなこと、お安いご用ですよ」

と、令子は言った。「お二人のために、少しでもお役に立てば」

「ありがとう」

令子はコーヒーを飲んだ。

「――博士さんはうまく出て来られるかしら」

「何とかして出かけて来るでしょう。でも、あのお母さん、もし気付いたら、都内中のホテルへ電話しまくりかねないわ」

「本当ね。でも、私の名で借りてあるから、もしここへかかって来ても大丈夫」

「偽名で泊るのも、何だかいやで。コソコソ隠れてるみたいでしょ」

「お二人の夜を大切に。——でも、あなた方お二人、これまで一度も？」

「ええ」

と、涼子が目を伏せる。「もしそんなことして、彼のお母さんに分ったら、何と言われるか……」

「それにしても……。じゃ、画期的な夜ですね」

と、令子は言った。「私も、けじめをつけます。市川アンヌさんとの縁は断ち切らなくちゃ」

「あの人も、少しやり過ぎですね。他人の不幸ばっかりかぎ回って。いくらお仕事とはいえ」

令子は、心を決めた。今、アンヌへ電話しよう。

「まだここにいらっしゃるわね」

と、令子は涼子へ言って、ラウンジを出ると、ロビーの隅の公衆電話で市川アンヌへ電話したのである。

「——それを僕と充子さんが聞いたんだな」

と、片山は言った。「あなたはそのときアンヌさんにホテルの部屋へ来てくれと言ったんですね」

「はい」

令子は肯いて、「アンヌさんが来れば、あの大声で騒ぎ立てるに違いない、と思ったんです。ホテルのロビーやラウンジで、そんなことになれば……。ホテルには仕事で年中出入りしています。そんな騒ぎは避けたかったんです」

「それで部屋の方へ」

「はい。涼子さんたちは、ラウンジで待ち合せて、二人で食事をすることになっていました。ですから部屋を使うまでに一時間くらいはあるはずでした」

「なるほど。——しかし、アンヌさんは遅れた」

「ええ。私、遅いから気になって、廊下を覗いたんです。そしたら、うっかりしてドアが閉まってしまい、キーは部屋の中。私は閉め出されちゃったんです」

「それで?」

「仕方なく、フロントへ行って、キーを中へ置いて出てしまった、と……。そういうお客は珍しくありません。ホテルの人が一緒に来てくれて、ドアを開けてくれました。それで中へ入ると――」

令子は身震いした。「涼子さんが倒れていたんです！」

「じゃ、その何分かの間に？　でも、涼子さんはルームキーを持ってなかったんでしょう？」

と、晴美は言った。

「何が何だか分りません。――混乱してしまって……。でも、一つ分っていたのは、野口涼子さんも、須貝弥生さんも、そして浅井啓子さんも、私のお客だったってことなんです」

片山は目を丸くした。

「浅井啓子さんも？　――コンサルタントか！　そこまで気が付かなかった」

「でも、いずれ私に疑いがかけられるだろうと……。そう思うと怖くなって、逃げ出したんです」

片山と晴美は顔を見合せた。

「気持ちは分りますが、逃げたら、ますます疑われるだけですよ」

と、片山は言った。

そのとき、ホームズがドアの方を見て、「ニャー」と鳴いた。

「誰？」

晴美が立って行ってドアを開けると、警官が数人立っている。

「あの……」

「ここに、玉木令子という人がいますね。身柄を預かるように連絡がありました」

それを聞いて、玉木令子は青ざめると、

「逮捕されるんだわ！　もうだめ！」

と、両手で顔を覆った。

「落ちついて。逮捕じゃありませんから」

と、片山は慰《なぐさ》めたが……。

「いやよ！」

突然、令子は飛び上るように立つと、片山を突き飛ばし、警官たちへとぶつかって行った。

あまりに突然のことで、警官も引っくり返ってしまった。

「待て！」

「待って、令子さん！」

晴美も呼んだが、令子は猛然と廊下を駆けて行った。

「お兄さん！」

「早く一階へ連絡して。彼女を止めるんだ！」

片山は起き上りながら指示を出した。

「何の騒ぎだ?」

と、ベッドの須貝が言った。

「あ、別に……。何だか患者さんが急に悪くなったんじゃない?」

充子はそう言ってドアを閉めた。「お父さん、眠ってるんだとばかり思ってたわ」

「そういつも寝ていられんさ」

と、須貝は息をついて、「弥生、お前には俺が眠っている方が都合がいいんだろう」

充子は戸惑った。

「何のこと?」

「今夜もあの男と会ってたのか」

「あの男って……。片山さんのこと? そうよ。でも、用事があったの。それだけよ」

充子は須貝のベッドのそばに行くと、「何か欲しいものは?」

「何もいらん。――お前もそう俺を熱心に看病しなくてもいいぞ。どうせ俺はそう長くない」

「どうしたの、突然?」

「いや……。何でもない」

須貝は、またまどろんでいる様子だった。

充子は何も話しかけないことにした。目を覚まして、またグチをこぼされても困る。

充子のことを、死んだ娘と間違えているだけでも、充子にしてみれば面白くはない。

もともと、いや、単にグチっぽい人だったのだろうか？

いや、単にグチというのとも違う。もっと奥の深い憎しみにちかいものさえ感じる。

充子は椅子にかけた。

帰ろうか、お母さんの所に。

でも――でも、今の充子にはそれもできないのだ。

行き場がない。

その思いは、これまで母のために「市川アンヌの娘」としか見られなかった自分の不満と重なって、充子を追い詰めた……。

充子が考え込んで、ぼんやり床の上を眺めている。その姿を、眠っているかに思えた須貝が、細く目を開けて、じっと見つめていた……。

「二階には来ていないようです」

と、警官から報告があった。

「――おかしいな」

片山は、晴美とホームズと共に、元の病室のあるフロアのナースステーションにいた。

「逃げたんじゃないとしたら？」

と、晴美は言った。

「じゃ、何だ？」

「玉木令子さん、追い詰められてたわ。別に手配されてるわけでも何でもないのに。てっきり捕まると思い込んでる」

「そうだな」

「もしかすると……」

片山もハッとして、

「気が付かなかった。――屋上かな？」

「行ってみましょう」

片山たちは、エレベーターへと向った。

エレベーターが来るのを待っていると、急にバタバタと足音がして、

「六階で――六階で今――」

と、看護婦が駆けて来た。

「どうしたんです？」

「〈608〉に、女の人が飛び込んで来たんです」

「〈608〉ですね。——階段で行こう」

片山たちは階段を駆け上った。

「〈608〉。——〈608〉」

小走りに病室の番号を見て行く。

「——ここだわ！」

と、晴美が言った。

片山は、そっとドアを開けた。——患者たちがみんな起き上って、顔を見合せている。

「今、誰かここへ来ましたか？」

と、片山は訊いた。「女の人です」

みんなが黙ってドアの正面の窓を指さす。

窓は開いて、カーテンが風に揺れていた。

「まあ、——飛び下りたのかしら」

と、晴美は言った。

「覗いてみる」

片山は恐る恐る近付いて、窓から下を覗いた。

六階から飛び下りたら、まず助かるまい。

片山は、こわごわ下を見たが——。

「どう？」

「いない」

「いない？　でも……」

「自分で見ろよ」

入れ代って、下を覗くと、

「いないわね」

と、晴美は首を振って、「といって、ここからどこへ……」

晴美の言葉が途切れた。

「――どうかしたか？」

「いたわ」

「俺には見えなかったぞ」

「下じゃないの。――横の方に」

と、晴美が言った。

「――どこだって？」

晴美が窓から退がって、

「左の方を見て」

「左？」

片山は窓から頭を出し、左を見た。

確かに――そこに玉木令子がいた。

しかし、一体どうやってあんな所に行ったのやら……。

ベランダなどというものは全くない。窓の外の張り出しは、わずか十センチほどの幅しかない。――玉木令子は、その狭い張り出しの上を、ちょうど隣の病室の窓との中間辺りまで行っているのだ。

「よくあんな所まで……」

と、晴美は言った。

大方、追われているという思い込みから、令子は夢中であそこまで行ってしまったのだろう。

今、令子は壁の方を向いて両手を広げ、ぴったりとはりつくようにして立っている。

「――令子さん」

と、晴美が呼んだ。「聞こえる？」

令子の顔がそろそろとこっちを向く。

「落ちついて、令子さん、誰もあなたを逮捕したりしないわ。安心して」

と、晴美が話しかけた。「ね、大丈夫だから。こっちへ戻って来て」

だが、今度は令子の方が立ち往生してしまったのだ。

「――令子さん。聞こえる？」

と、晴美がくり返し呼びかけると、令子はかすかに肯いた。

「気が付いたら、とんでもない所にいたって感じね」

と、晴美は片山に言った。「あのままじゃ、その内落っこちちゃうわ。私助けを呼んでくる」

「うん」

「消防車でも来てもらわないと。はしご車か、下にネットを張るか。――お兄さん、ここで見ててね」

と、晴美は言って、「見てなくてもいいけど、ここにいるってことを、あの人へ分らせて」

「分った……」

何しろ片山は高所恐怖症。――窓から身をのり出して、玉木令子と話をしようものなら、自分がめまいを起こして転落しかねない。

晴美は病室を飛び出すと、このフロアのナースステーションへと駆けて行った。

そして――後に残った片山は、といえば……。

何もしないわけにはいかない。病室の患者たちが、じっと片山を見つめているのである。

仕方ない。

片山は、そっと窓から頭を出して、

「あ……。あの……」

と言ったきり、言葉が出ない。

別に自分が危いわけじゃないが、危い立場にいる人間を見ただけで足がすくんでしまう。これが正統派(?)の高所恐怖症というものである。

玉木令子は、すでにかなり危い状況にあった。

片山から見ても、顔は汗で光り、建物の外壁に取りついた手も足も、細かく震えている。

晴美が消防署へ連絡して、大至急救助を要請しているだろうが、いくら頑張っても、ここへ駆けつけ、下で救援の態勢が整うのに十五分や二十分かかる。

今の令子の様子では、まずとてもそんなに長くもつまい。

——しっかりしろ！　何とかしてやれ！　片山は自分に言い聞かせたが……。

「ニャー」

ホームズが足下で鳴いた。

「ホームズ……。どうしたらいいと思う？」

片山は小声で言った。「俺はとてもだめだ。あんな所にいる彼女を見ただけで冷汗が出てくるよ……」

「ニャー」

分ってる、無理するなよ。

ホームズはそう言っているように、片山には聞こえた。自分に都合のいい解釈だろうか？

「片山さん……」

と声が聞こえた。

令子が話しかけている。——片山は顔を出して、

「しっかりして！」

と、何とか励ました。「今、助けが来ますよ！」

「私……もうだめです」

声が震えている。

「そんなこと——」

「でも、片山さんに信じてほしいんです。私じゃない。犯人は私じゃないんです」

「分ってます。じっとして。——リラックスして」

無理な要求と分ってはいる。しかし、そうでも言うしかないのだ。

「片山さん……。お願い。私の言葉を伝えて下さいね……。こんな所で死にたくないけ

ど……」

「しっかりして。もう少し頑張るんですよ」

と言いながら、手さえ差しのべることができない。

畜生！　俺はだめな奴だ！

片山は歯ぎしりしたが——。

「待てよ……」

忘れていた！　俺は「あと、もって半年」なのだ。

ということは……。もしここで死ぬようなことがあっても、俺の寿命は、せいぜい半年しか違わないってことだ。

片山は、窓から思い切って身をのり出し、真下の「目のくらむような高さ」を見た。

しかし、「どうせ半年だ」と自分に向って言うと、急に、あのゾクッと寒気のするような恐怖は消えていった。

確かに、気分のいいものじゃない。しかし、それは「安全の中でスリルを楽しむ」ジェットコースターにでも乗っているのと大差なかったのである。

そうだ。——ここで死ねば、病気で苦しんで死ぬよりずっと楽かもしれない。

それならいっそ、何とかしてあの玉木令子を助けてやりたい。

令子は、緊張が極限に達し、体がこわばっているのだ。かなり危険な状態である。

「片山さん……」

と、令子が目をつぶる。

「――玉木さん。――玉木さん、目を開けて！」

と、片山は言った。

令子はこわごわ目を開けると、

「――片山さん！」

と叫んで、目をみはった。


サイレンが聞こえてくる。

晴美は、口の中で、

「早く早く……」

と、くり返し呟いていた。

風が強い。――何とか玉木令子がもちこたえてくれるといいのだけど。

晴美は病院の外に出ていた。

あのサイレン。――確かに消防車だ。

「もう少し頑張って！」

と、六階の窓の方へ目をやって、晴美は目を疑った。

「――お兄さん?」

まさか! しかし確かに……。

晴美は唖然として、六階の窓の外でくり広げられている光景に見入った。

あれがお兄さん?

――片山は、窓から脱け出して、たった十センチほどの張り出しの上に立っていた。

そして、窓の中から伸びているロープを手に、じりじりと進んで行く。

どうしちゃったの? お兄さんてば!

晴美は片山が少しずつ、しかし確実に令子に近付いて行くのを見た。


「――さあ」

と、片山は言った。「これを頭からかぶるようにして」

片山は丈夫な布でできた、非常用の消火栓のホースを引張って来たのだった。

そして、器用な看護婦が輪を作り、それを令子が頭からスポッとかぶれば、たとえ手を離して落ちそうになったとしても、救われるというものだ。

「片山さん……」

「待ってて。今そっちへ行く」

片山は更に窓から離れ、令子へと近付いて行った。

そして、ホースの輪を自分の手で令子にかけてやると、

「さあ、もう大丈夫。――僕の手を取って」

片山は、汗がじっとりとにじむ、令子の手を握った。

「さあ、少しずつ動いて。――そう、急ぐことはない。ゆっくり、ゆっくり……」

片山は、まるで舞踏会で女性を踊りに誘っているような手つきで、着実に令子を窓へと導いて行った。

何度かフラつき、ヒヤリとさせながら、二人は病室の窓へ辿り着き、中へ一緒に転り込んだ。

患者たちが一斉に拍手した。

――下では、晴美がフーッと息をつき、

「すみません、無事でしたので、お引き取り下さい」

と、消防隊員へ言った。

「いや、いい度胸だ！」

「うちのレスキュー隊に欲しいね」

と、隊員たちは片山の働きに感心していた……。

20 華燭の日

「本日はおめでとうございます」

と、式場の担当の男性が言った。

「どうぞよろしく」

と、晴美が笑顔で会釈する。「私ども、仲人は初めてなものですから」

「さようでございますか。いや、とてもそうは見えません！ 落ちついていらっしゃいます」

「ありがとう。——どちらで待てばよろしいのかしら？」

「ご案内いたします。こちらへ」

「行きましょ。あなた」

と、晴美は兄を促した。

モーニング姿の片山と、黒留袖でしっとり大人の雰囲気の晴美。

とても勝負にならない。

しかし、ともかく——二人、いや、ホームズを加えた三人は明るい光の溢れるロビーを抜けて、有田拓士と矢川清美の結婚式へと向ったのである。

「——片山さん！」

ロビーを駆けて来たのは、可愛いワンピースの堀田ルミ。

「やあ！」

「ハハハ。どう見てもペンギンだ」

「それを言うな」

と、片山が苦笑する。

「私、片山さんたちについて行こうっと。いいよね」

「だめって言っても来るんだろ」

——片山たちは、控室へ入って一息ついた。

「挨拶の原稿、ちゃんと持ってる？」

と、晴美が訊く。

「持ってるよ」

「落ちついてね」

「分ってる。一生一度の大仕事だ」

「あら、一度ってことないでしょ。まだこの先、結婚したら、仲人をする機会もあるかもしれないわ」

「私、片山さんと結婚できなかったら、片山さんに仲人やってもらおう」

と、ルミが言って、「花嫁さん、見てくる！」

と駆け出していく。

「元気ね」

「うん……。な、晴美」

「何？」

「俺はちゃんと知ってるんだ。——隠さないでくれ」

「——何を？」

「あと半年の命だってことさ」

晴美は、片山の話をポカンとして聞いていたが……。

「お兄さん、それって……」

と言ったきり、笑い出して、止らなくなった。

片山はムッとして、

「何だよ！」

「それはね、ＭＲＩの機械の話」

「——何だって？」

「もう古くて、あと半年しかもたないって、業者から言われてるんですって、予算がなくて買えないって、お医者さん、嘆いてたわ」

片山は唖然として、

「本当か？」

「嘘ついてどうすんのよ」

「ニャー」

「ホームズだって笑ってるじゃないの」

「じゃ……俺は死ぬんじゃないのか」

「当分長生きしそうよ」

片山は、改めて思った。――あのとき、六階の窓から出て、玉木令子を助けたのは……。

「お兄さん、どうしたの？　急に青くなって」

「いや……何でもない。ちょっと緊張してるんだな、やっぱり」

と、片山は立ち上って、「トイレに行ってくる」

控室を出ると、片山はロビーのソファにグタッと座り込んだ。あのときの分まで冷汗をかくようだ。

「おお、片山！」

栗原がダブルのスーツでやって来る。

「課長……。どうも」

「しっかりやってくれよ！」

「はあ……」

栗原はロビーを見回して、

「一応、私服の者を何人か配置してある。石津はずっと二人をガードしてくれたんで、今日は料理を食わせてやろうと思ってな」

「よろしく」

片山は腕時計を見た。「しかし……解決してから、今日が迎えられると良かったですがね」

「うむ。仕方ないさ。何ごとも、すべて望み通りとはいかん。結婚相手もな」

栗原は哲学者めいたセリフを口にした。

そこへ、

「片山さん」

と、声がして、やって来たのは、台車にケーキのケースをのせた長田幸子。

「やあ、どうも」

「おめでとうございます。――ご立派ですわ」

「はあ……」

片山は少し照れた。

「今日の宴席のしめくくりに召し上っていただこうと思って」

と、幸子がケースのふたを取ると、きれいなケーキがズラッと並んでいる。

「やあ、こりゃ立派だ」

「デザートのとき、一緒に出していただくように、ホテルの方へ頼んであります。ぜひ召し上って下さい」

「ありがとう。いただきますよ」

と、片山は言った。「太りそうだな」


「あ、ごめんなさい！」

ロビーを、浮き浮きと歩いていたルミは、スーツ姿の男とぶつかって、急いで謝った。

「——あ」

「ルミ」

中原だった。

二人はしばらく黙って立っていたが……。

「今日は結婚式？」

と、ルミが訊く。

「うん。君もか」

「そうだよ。――私のじゃないけど」

と、ルミは言った。

「僕は会社の同僚の式さ」

「スピーチか何かするの?」

「ああ。――歌でもいいって言われたが」

「やめた方がいいよ。音痴だ」

「そうだな」

と、中原は笑ってから、真顔になり、「――ルミ」

「すまなかった」

と、頭を下げる。

「中原さん……」

「俺は最低の男だ」

ルミは微笑んで、

「そんなこと言わないで。――私、本気で好きだったんだから。その人が『最低の男』じゃいやだよ」

「ルミ……」

「楽しかったことだけ、憶えとくよ」

と、ルミは言った。「それじゃ！」

ルミが駆けて行くのを、中原はじっと見送っていた……。

「あら、お珍しい」

中原は振り返った。

「ああ、ケーキ屋の……」

「今日、そちらもお式ですの？」

と、長田幸子が言った。

「ちょっと同僚がね」

と、中原は言って、「いや、お恥ずかしい限り」

「ケーキ、お一ついかが？」

「ケーキ？」

「デザートに出していただくんです。形が崩れたりしたときの予備に、余分に持って来てるんです。よろしかったら」

「しかし、僕一人が食べるのも――」

と、中原は言いかけて、「ルミも食べるんですか？」

「ええ」

「じゃあ……こっそり持ってて、こっちもデザートのときに一緒にいただこう」

「分りました。紙ナプキンでくるんでおきますわ。テーブルの上に置いても分りませんよ」

「それじゃ……。ルミと一緒に食べよう。せめてもの罪滅しだ」

中原は苦笑して、「ルミにとっちゃ、何の意味もないけど……」

「じゃ、ぜひ味わってみて下さい」

「ありがとう」

中原は、紙ナプキンでくるんだケーキを、大切な「こわれもの」のようにそっと手にのせて持つと、自分の出席する披露宴の会場へと歩いて行った……。


結婚行進曲。

盛り上る拍手。

仲人の挨拶。——何とか切り抜けた！

お色直し。

そして、スピーチや歌や楽器の演奏……。

二時間は永遠のように長く、そしてアッという間でもあった。

「——もう少しだな」

と、片山はため息をついた。

「私も苦しくて……」

と、晴美も慣れない和装に参っている。

二人の間に座る花婿花嫁は、友人たちのカメラにおさまって上機嫌。

「ホームズ、もう満腹？」

と、晴美はテーブルの下に座って、しっかり食べているホームズへ声をかけた。

「ニャー」

ホームズも満足げだ。

むろん石津は出る皿出る皿、きれいに平らげていた。

「もうデザートだわ」

晴美は、アイスクリームとケーキの並んだ皿を見て、「長田さんの店のケーキよ。ホームズ、一口いただいたら？」

「ニャン」

「取ってあげる」

晴美は、ケーキを半分に割って、ホームズの皿へのせてやった。

「──旨そうだ」

と、片山は初めにアイスクリームを口に入れる。

「大変だったわね、あのお店も。こんなに沢山」

晴美がフォークでケーキを切って食べようとしたとき、

「ギャーッ！」

と、ホームズが甲高く声を上げて、テーブルの上に飛び上ると、晴美の手からフォークを叩き落とした。

「ホームズ、何するのよ！」

ホームズがさらにテーブルの上を駆け抜けて、花嫁花婿の皿を引っくり返す。

片山たちが呆然としていると、突然宴会場の扉が開いて、よろけながら入って来たのは、中原だった。

「ルミ！」

と、かすれた声を絞り出すようにして、「ルミ！　ケーキを食べるな！」

と叫ぶ。

「中原さん！」

ルミが立ち上った。

手にしたフォークにはケーキの一片が。――中原はそれを見ると、

「口に入れるな！　それを……食べるな！」

と、必死の様相で言って床に膝をつく。

「中原さん！」

ルミがフォークを投げ出して、中原の方へ駆け寄った。

「――このケーキが？」

片山は息をのんだ。

そしてテーブルの上に飛び上ると、

「ケーキを食べるな！」

と怒鳴った。

「片山、何ごとだ？」

栗原が目を丸くしている。

「課長！　ケーキに毒が」

「何だと？」

「ケーキを食べないで！」

と、片山がもう一度大声を上げ、「石津！　大丈夫か？」

「後に取っておいたので」

と、石津はさすがに青くなって、「もう一度怒鳴りますか？」

「ああ、頼む。もう声が出ない」

石津が立ち上ると、

「ケーキを食うな！」

と、あらん限りの大声で怒鳴った。

誰でもこれには従わないわけにいかないだろう。

「お兄さん！　中原さんが――」

と、晴美が立ち上る。

「誰か！　救急車を呼んで下さい！　医者を捜して！」

片山は急いで倒れている中原の方へ駆けつけた。

ルミが中原の頭を抱き上げて、

「しっかりして！」

と叫んだ。「死なないで！」

中原は顔を真赤にして体を震わせていた。

「ルミ……ケーキを食べるな……」

と、呻くようにくり返す。

「食べてないよ！　大丈夫だよ！」

ルミは泣きながら言った。「死んじゃだめ……。死んじゃだめだよ」

中原が体を突張るようにして呻くと、そのまま力が抜けて行った。

片山は膝をついて、中原の手首を取った。

「――だめだ」

と、首を振って、「もう、こと切れた」

ルミが中原の胸に顔を埋めると、ワーッと声を上げて泣き出した。

片山は立ち上ると、晴美の方を見た。

「ケーキが……」

と、晴美が呟いた。「まさか、そんなこと……。長田幸子さんが?」

長田幸子はロビーの隅のソファに座っていた。

眠っているかのようだったが、片山たちが歩み寄ると、ゆっくり目を開けて、

「しくじったのね」

と言った。「でも、それで良かったんだわ」

「幸子さんだったのね。――花嫁人形の殺人者は」

と、晴美は言った。「玉木さんは、よくあの店で打ち合せをしてた。あなたはそれを聞いていて……」

「ええ」

「でも、なぜあんなことを?」

幸子は深く息を吐いて、

「幸せな結婚をしようとしてる女は許せなかった。それに……結婚すれば、いずれ幻滅

が待ってるんだわ。それならいっそ、結婚前の、一番幸せな時に殺してあげたかった……」

と言った。

「どうしてそんなに結婚を憎んでいたの？　あんなご主人がいるのに」

「これを……」

と、幸子はエプロンのポケットからデジタルカメラを取り出した。

「これって……」

「浅井啓子さんのよ。店で使っていたのを見ていたから……。画面の中に夫が映っていたの。——これを見て」

液晶画面に、長田の姿が出ていた。

写されていることに全く気付いていない長田は、客にケーキをすすめている妻を見ている。

その表情は、晴美たちが紹介されたときに見せた、人当りのいい、柔和な表情とは、正に別人のようだった。

冷ややかな目、口もとの酷薄な気配。

「ご主人との暮しは、幸せじゃなかったのね」

と、晴美が言うと、幸子は黙ってエプロンを取り、ブラウスのボタンを外していった。

肌を露わにすると、片山も晴美も息をのんだ。

生々しい傷あと、あざが至るところに見られた。

「外では優しい夫を演じていたけど、家に帰ると、私が客に色目をつかったと難くせをつけ、毎晩のように殴る蹴るの暴行を加えたの……。嫉妬じゃありません。そんなに私のことを愛してはいなかった。ただ、私を殴る口実が必要だっただけ……」

幸子は微笑んで、「でも、それも今日で終り。——終らせる決心をしたの。主人は今日お休みで、家であのケーキを食べてるわ」

「毒入りの？」

「ええ。主人のにはたっぷり入れてやった。やり損なうことのないように……。でも、皆さんのケーキは、二つだけしか入れていないわ。花婿花嫁に行けばいいけど、そこまではどうしようもない」

「でも、中原さんが——」

「そう。薬の量が限られてたので、夫の分以外は、四つしか入れられなかった。一つを中原に。——あんな、幼い女の子に手を出して。当然の報いだと思うわ」

「二つは披露宴に。——あと一つは？」

幸子は苦しそうに息をして、

「すぐじゃないけど、もう……効いて来たわ」

と言った。

「幸子さん！」

「石津！　救急車だ！」

と、片山は言った。

「もう……いいんです」

幸子はホッと息をつき、「いつかこのときが……」

と、呟くように言って、眠るように目を閉じた。

エピローグ

焼香を終えて出て来たルミは、片山が車にもたれて待っていてくれたのを見て、涙を拭った。

「待っててくれたの？」

「ああ。――駅まで送ろうか」

「ありがとう。片山さんたちは？」

「入院してた病院にね、精算に行く」

「一緒に行っていい？」

ルミは、後ろの席に乗った。――晴美とホームズが一緒だ。

中原の告別式に、ルミもやって来た。

「あなたを助けようとして、あそこまで来たなんて、毒薬の量からいって、信じられないくらい凄いことですって」

と、車が走り出すと晴美は言った。

「やっぱり、すてきな人だった」

「そうね。あなたがすてきな子だから、中原さんもそれにふさわしい人になったんだわ」

「ニャー」

と、ホームズも同意した。

——穏やかに晴れた日だ。

黒のワンピースのルミは、大人の「女」のように見えた。

「——でも、あの幸子さんも可哀そうな人だったのね」

と、ルミは言った。「もちろん、人を殺していいわけじゃないけど、憎む気になれないわ」

「それでいいんだ」

と、片山は言った。「罪を憎んで、人を憎まず、って言うだろ」

夫、長田登は、自宅でケーキを食べ、苦しみに顔を歪めて死んでいるのが発見された。

「——草刈まどかの事件は、どうだったの?」

と、ルミが訊いた。

「婚約者に切りつけたのは、まどかの元の夫」

と、晴美が言った。

「じゃ、幸子さんは関係なかったの？」

「たぶん、草刈まどかを狙うつもりではあったのよ。それであの花嫁人形を持って、仕事にかこつけてホテルへ行き、あの控室での話を立ち聞きしたんだと思うわ。それで、あの二人がカムフラージュの婚約と知って、やめたのよ。でも、そのとき、人形を落してしまった」

「それを吉田さんって掃除のおばさんが拾って、中のテーブルに置いといたのね」

「吉田さんは、幸子さんがドアの所から立ち去るのを目にしてたので、後でロビーにいる幸子さんを見付けて、人形のことを話したのよ。その様子を見かけたっていう、掃除の仲間の人が出て来たわ」

「じゃ、人形のことを知らなかったのね、吉田さんは」

「そう。あまりTVも見ない人だったんでしょうね。でも、幸子さんが人形を取り戻そうと思ったときには、もう傷害騒ぎが起こってしまっていたのよ」

「吉田さんに片山さんが話を訊き出そうとしているのを見て、焦ったのね。殺さなくても良かったのに」

　と、ルミは言った。

「――もうじき病院だ」

　と、片山は言った。

車は、スピードを落した。

「──野口涼子さんのことは?」

と、ルミは訊いた。

「ああ、その話を充子君に訊こうと思ってね」

と、片山は言った。「須貝浩吉の病室へ寄ってみよう」

片山は車を病院の前に寄せた。


「弥生、どこに行くんだ」

ベッドから須貝が呼んだ。

「家へ帰るの」

と、充子は言った。「お母さんが待ってるわ」

「行くな! お前は俺のものだ!」

「お父さん、私は充子で、弥生さんじゃない。それにね、子供は親のものじゃないのよ」

充子はきっぱりと言って、病室を出ようとした。

「待て!」

須貝の声は、別人のように力がこもっていた。振り向いた充子は、須貝がベッドから下りて、しかも右手に白く光るメスを握りしめているのを見て、目をみはった。

「何するの！」

「人にくれてやるくらいなら、殺してやる」

「やめて！」

「俺は一度お前を殺したんだ。——それは夢の中だったのか？　弥生を崖から突き落したのは」

充子は息をのんだ。

「あなたが？　自分の娘を——」

「娘なもんか。父親を騙して、男と泊っていたくせに！　俺はちゃんと知ってた。親切に教えてくれた人がいたんだ」

須貝はメスを手に充子の方へ近付いて来た。——ドアまで、少し離れている。

充子が思いきって駆け出そうとすると、須貝は病人とは思えない素早さで行く手を遮《さえぎ》った。

「——やめて。そんなこと……」

「もう遅い」

須貝はメスを振りかざした。

そのとき、ドアが開いて、アンヌが入って来たのだ。

「お母さん、危い！」

と、充子は叫んだ。「逃げて！」

アンヌの姿を見ると、須貝は目をみはって、

「お前か！　ちょうどいい、殺してやる！」

と、メスを突き出す。

「やめて！」

充子は須貝に後ろから抱きついた。

「離せ！」

須貝が充子を振り離すと、床へ突き倒した。

「充子！」

アンヌが駆け寄って充子をかばった。

「お母さん――」

須貝がメスを振りかざして、襲いかかろうとした。

アンヌが充子を後ろにして、真直ぐに須貝へ向く。そのままなら、メスは間違いなく
アンヌへ切りつけていた。

その瞬間、茶色いものが須貝の顔へ飛びついた。

「ホームズ！」

と、充子が言った。

須貝が顔を押えて呻いた。

「待て!」

片山が飛び込んで来ると、須貝の顔へ拳を打ちつけ、須貝は呆気なくのびて倒れた。

「——助かった!」

アンヌが息をついた。「片山さん、ありがとう」

「いいえ。——しかし、とんだ病人だな」

充子は立ち上ると、

「この人が、娘さんを突き落して殺したんです」

「何だって?」

晴美はホームズを抱き上げて、

「よくやった。——じゃ、弥生さんは父親に殺されたの?」

「色々、須貝に吹き込んだ人がいるみたいです」

「そうか。——じゃ、長田幸子はこの父親の気持を見抜いていて、自分では手を下さないで、あの人形だけを置いて行ったのかもしれないな」

アンヌは充子の肩を抱いて、

「こんな男じゃなかったのよ、昔は」

と言った。

「――私、お母さんが〈1202〉から出て来るのを見た」

と、充子が言った。

「え？」

「片山さんがエレベーターの所でのびてる間に。――お母さん、こっそり出て来て逃げて行ったでしょ」

「誰か来ると思って。あんただったの？」

「うん。――私、お母さんが殺人犯かと思った」

「違うわよ。私が行ったら、ドアが開いてて、中を覗いて――。死体を見て仰天して出て来たのよ」

と、アンヌは言った。

「――玉木令子がキーを中へ忘れたと思ったのは、本当は持って出て廊下に落していたんだと思う」

と、片山は言った。「彼女がフロントへ行った後、野口涼子がやって来てキーを見付け、中へ入った」

「彼がすぐ来ることになってたのね、きっと。それで、ノックを聞いてすぐに開けると――」

「長田幸子だったわけだ」

と、片山は肯いた。「そしてすぐに逃走し、玉木令子が戻ってくる。死体を見て青くなった彼女はその場から逃げ出した」

「そこへ私が行ったってわけね」

と、アンヌが言った。

「良かった。お母さんじゃなくて」

「どうして私が人殺しなんかするのよ?」

「ネタ作りに」

アンヌは目をむいて、

「それって、ちょっとひどくない?」

「まあまあ」

と、片山がなだめた。「後は任せて下さい。お二人でゆっくり口ゲンカでも殴り合いでもどうぞ」

「ニャー」

と、ホームズが笑った。

アンヌと充子は、病院を出た。

よく晴れた午後だ。

「お母さん」

「え？」

「もう私を売りものにしないで。——自分の生い立ちは私のものだわ」

アンヌは充子をじっと見ていたが、

「そうね」

と肯いて言った。「あなたはあなたね」

二人は一緒に笑って歩き出した。

充子は、ちょっと病院の方を振り返った。

「あ、ホームズ」

病院の玄関先に、ホームズが座っていた。

二人を見送っているようでもあり、ただ日なたぼっこをしているようでもある。

充子が手を振ると、ホームズはちょっと眠たげな目をゆっくりと閉じたのだった……。

解説

山前《やままえ》 譲《ゆずる》
（推理小説研究家）

日本語がそのまま英語圏で通用している例は、年々多くなっているようです。たとえば「ＳＡＫＥ」や「ＳＵＳＨＩ」ですが、「ＯＲＩＧＡＭＩ」もまたかなりポピュラーではないでしょうか。外国人客が多い東京のホテルで、「ＯＲＩＧＡＭＩ」というレストランが長く営業しているのも影響しているのかもしれません。

紙を折って遊ぶという行為は、世界的にとくに珍しいものではないのでしょう。けれど、日本の折紙には独特の精緻《せいち》さがあります。もっとも、いくら日本人でも、「いやー、鶴ぐらいしか折ったことがないなあ」という人のほうが多いかもしれませんが。

明日はハワイへ発《た》って、三年越しの恋人と結婚式を挙げることになっていた浅井啓子《あさいけいこ》が、会社帰り、自宅近くで刺殺されてしまいます。死体の上には折紙の花嫁人形が置かれていました。彼女の結婚を恨《うら》むものの犯行？　ところが同じ花嫁人形が、さらなる事件を呼ぶのです。片山義太郎《かたやまよしたろう》ら捜査陣は混乱するばかりでした。そして片山晴美《はるみ》は、殺されてしまう直前の啓子と、ケーキショップで同席となっていたのです。事件解決にいっそう意欲を燃やす片山兄妹《きょうだい》です。そしてもちろんホームズも！

折紙の花嫁人形が謎解きの興味をそそっている『三毛猫ホームズの花嫁人形』は、シリーズの第三十七弾で、二十一世紀を迎えた年、二〇〇一年四月にカッパ・ノベルス（光文社）より刊行されました。その際にこんな「著者のことば」が寄せられています。

男女の愛の形、親子のあり方も多様になって来た時代である。「未婚の母」といっても、今は堂々と胸を張って生きていけるのはすばらしいことだ。

もちろん、そこに至る恋の歓びや痛み、子と親の関係など、人間の感情はそう変るものではないが。

しかし、世の中が暗く元気がなくなってくると、昔ながらの道徳観を持ち出して、「女は家庭に帰れ」などと言い出す手合が必ずいる。片山兄妹やホームズは、「未来は私たちのもの！」と、軽やかにそんな壁をのり越えていく若い世代を応援したいと思っている。

二十一世紀に入ってからもうずいぶん時が経ち、いわゆる「未婚の母」は、離婚や別居、あるいは死別などの理由で子供をひとりで育てている母親と合わせて、シングルマザーと呼ばれるようになりました。なんとなく明るいイメージになりましたが、まだまだ社会的な支援は手薄ですし、働く場所も限られてきますから、経済的に大変なことは今も昔も同じではないでしょうか。

二十一世紀になってから、ますます婚姻率や出生率が減少傾向にあり、問題視されているのが日本社会です。婚活や妊活という用語がすっかり定着してしまいました。もちろんさまざまな施策が行われていますが、根本的な発想に問題があるのか、なかなか功を奏しません。

それどころか、「女性は産む機械」というとんでもない発言が出たりするのでした。また、子供のいない夫婦が非難されたりするようなこともありました。もっとホームズや片山兄妹に頑張ってもらわなければならない、大変な事態になっているのではないでしょうか。

とはいうものの、その片山義太郎も晴美も、すでにシリーズ作は五十冊を超えましたがいまだ独身です。何かというとお見合い写真を持ってくる、叔母《おば》の児島光枝《こじまみつえ》の努力もなかなか実を結びません。ですから、晴美は義姉《あね》の花嫁姿をまだ見ることはできていませんし、自身の花嫁姿に惚《ほ》れ惚《ぼ》れする（？）機会もまだないのです。ただ、関わった事件には色々な結婚にまつわるものがありました。

『三毛猫ホームズの駈落《かけお》ち』は、片岡《かたおか》家の長男・義太郎と山波《やまなみ》家の長女・晴美が駈落ちして十二年、地方の名家である片岡家と山波家に新たなトラブルが起こって……ちょっと混乱しそうな事件でした。ヨーロッパを舞台にした一連の作品のトップを飾る『三毛猫ホームズの騎士道』は、資産家一族の次男がドイツの古城で新婚の妻を亡くしたことがそもそもの発端です。スイスに舞台を移した『三毛猫ホームズの登山列車』では、結婚式に花婿が現れないので花嫁が悲観して自殺したという出来事が背景にありました。

『三毛猫ホームズの四季』は結婚式の直前が謎解きのクライマックスでしたが、なんといっても忘れがたいのは『三毛猫ホームズの心中海岸』でしょう。大財閥を巡《めぐ》る事件で捜査のために婚約をした義太郎ですが、なんと結婚式を！　タキシード姿で緊張している義太郎、失礼ながらなかなかの見物です。

『三毛猫ホームズの卒業論文』では晴美の高校時代の親友の結婚披露宴で事件が起こっています。短編にも、「三毛猫ホームズの披露宴」、「三毛猫ホームズの〈卒業〉」、「三毛猫ホームズの瓜二つ」などが花嫁に関係していますが、一番の注目作は「三毛猫ホームズの〈卒業〉」でしょう。花嫁がとんでもない行動をしてしまうあの名作映画がモチーフとなっているからです。

三毛猫ホームズのシリーズ以外の赤川作品では、やはりなんといっても女子大生の塚《つか》川亜由美《がわあゆみ》の活躍です。なにせシリーズのタイトルにみんな「花嫁」が必ず謳《うた》われているのですから、必然的に（！）花嫁が絡《から》んでの事件となっています。もっともこのシリーズでも、亜由美の花嫁姿は永遠に見ることはできないでしょうが、南条《なんじょう》姉妹シリーズの第一作『ウェディングドレスはお待ちかね』を参考にすると、赤川作品での女性のシリーズ・キャラクターはあまり結婚を渇望しないほうがいいかもしれません。たとえば杉原爽香《すぎはらさやか》です。シリーズ第十三弾の『うぐいす色の旅行鞄』で結婚式を挙げていますが、そこまでの辛《つら》い道程を見ていると……。

『ヴァージン・ロード』は赤川作品のなかでも一番結婚を意識している長編ですが、さて、主人公の思いは成就する？　『無言歌』は大学教授の長女の結婚式の日から、物語が始まっていますが、花嫁姿の素敵な女性が直接的にトラブルに巻き込まれていくことはあまりなかったようです。やはりそれは（内心はともあれ）女性にとっては晴れの舞台でしょうから。

この『三毛猫ホームズの花嫁人形』でも、ミステリーとしてのスリリングな世界を彩《いろど》っているのは、人形の花嫁です。それはいわゆるミッシング・リンクという趣向です。同じ花嫁人形によって、幾つかの事件が関係性があるのではないかと容易に推理できるでしょう。しかし、その事件の繋がりそのものは分からないのです。それが大きな謎となっていくのです。また、もし同一犯の犯行とすれば、わざわざ解決の手掛かりを与えていることになるでしょう。はたしてミッシング・リンクはどこに。そしてその意味は？　これまでミステリー作家はさまざまな工夫をしてきました。

そうしたミステリーとしての趣向のほかに、この『三毛猫ホームズの花嫁人形』には注目すべきところがさらにあります。まずなんといっても絵心のある（本人しか思っていないでしょうが）捜査一課長の栗原《くりはら》が、なんとヌードを描いていることです。これには女性恐怖症の義太郎はかなり混乱してしまうのでした。その義太郎、高所恐怖症なのにとんでもないことを成《な》し遂《と》げています。そこには恐るべき勘違いがあるのも彼らしいところでしょうか。そして片山兄妹に思いもよらない大役が回ってきているのです。これには読者のほうもヒヤヒヤかもしれません。

ところで、花嫁人形というと、まず童謡の「花嫁人形」を思い浮かべる人が多いのではないでしょうか。抒情画《じょじょうが》で一世を風靡《ふうび》した蕗谷虹児《ふきやこうじ》が一九二四年に発表した詩に、杉山長谷夫《すぎやまはせお》が一九三二年に曲をつけ、愛唱されてきました。結婚という新たな幸せの道を歩みはじめているはずなのに、どこかもの悲しい抒情に満ちています。

そのイメージがこの『三毛猫ホームズの花嫁人形』の根底に流れていると言えるでしょうが、一方、花婿《はなむこ》人形にはなかなか確固たるイメージがありません。世の中の男性は、声を大にして抗議したほうがいいかもしれません。花婿だって色々苦労しているんだ！　いや、その思いは心の奥底に秘めておいたほうがいいでしょう。健《すこ》やかな結婚生活のためには——。

二〇〇一年四月　カッパ・ノベルス（光文社）
二〇〇四年四月　光文社文庫

光文社文庫

長編推理小説
三《み》毛《け》猫《ねこ》ホームズの花《はな》嫁《よめ》人《にん》形《ぎょう》　新装版

著　者　赤《あか》川《がわ》次《じ》郎《ろう》

2019年12月20日　初版1刷発行

発行者　鈴　木　広　和
印　刷　堀　内　印　刷
製　本　ナショナル製本

発行所　株式会社　光　文　社
〒112-8011　東京都文京区音羽1-16-6
電話（03）5395-8149　編　集　部
8116　書籍販売部
8125　業　務　部

ISBN978-4-334-77950-4　Printed in Japan

組版　萩原印刷

赤川次郎ファン・クラブ
三毛猫ホームズと仲間たち

入会のご案内

会員特典

★会誌「三毛猫ホームズの事件簿」（年４回発行）
会誌の内容は、会員だけが読めるショートショート（肉筆原稿を掲載）、赤川先生の近況報告、先生への質問コーナーなど盛りだくさん。

★ファンの集いを開催
毎年夏、ファンの集いを開催。賞品が当たるクイズ・コーナー、サイン会など、先生と直接お話しできる数少ない機会です。

★「赤川次郎全作品リスト」
600冊を超える著作を検索できる目録を毎年５月に更新。ファン必携のリストです。

ご入会希望の方は、必ず封書で、〒、住所、氏名を明記の上、84円切手１枚を同封し、下記までお送りください。（個人情報は、規定により本来の目的以外に使用せず大切に扱わせていただきます）

〒112-8011
東京都文京区音羽 1-16-6
(株)光文社　文庫編集部内
「赤川次郎Ｆ・Ｃに入りたい」係

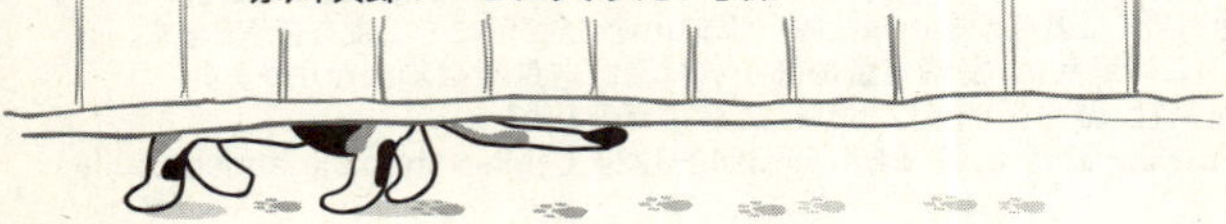